ふたつの夏

谷川俊太郎
佐野洋子

小学館

ふたつの夏　目次

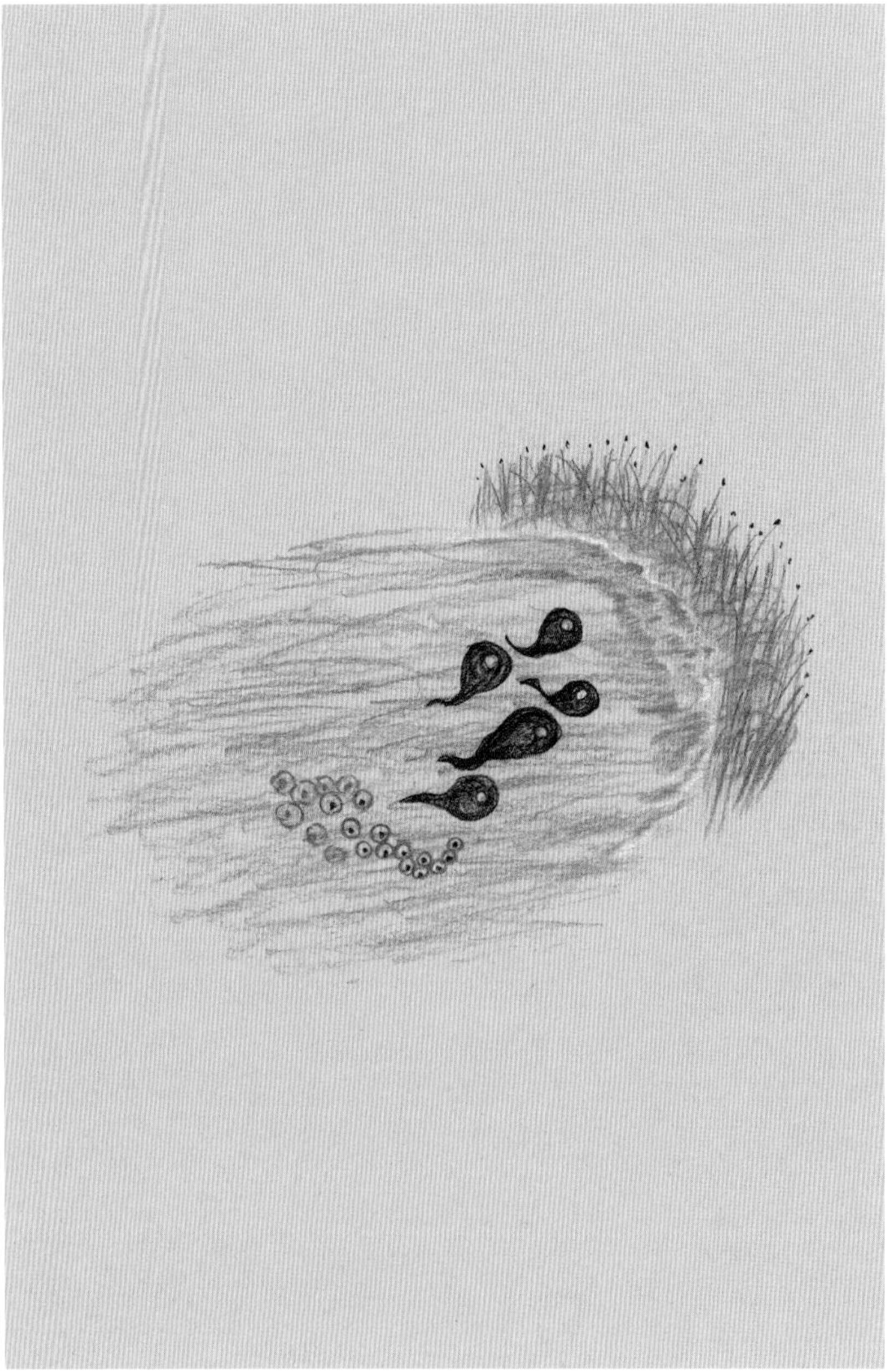

ふたつの夏

＊本文のグレー地のページは谷川俊太郎、そのほかは佐野洋子の作品です。

夏が来た

谷川俊太郎

夏が来た
生まれてからずいぶん長い時間がたったような気がする
生まれたときはすっぽんぽんだった
すぐ白い柔らかいものを着せられた
それからはずっととっかえひっかえ何か着ている
夏が来るとすっぽんぽんだったときを思い出す
寒くて暑かった　怖かったが愉快でもあった
やけっぱちだったのかもしれない
だんだんにいろいろなことを覚えた

字を書くこと西瓜を食うこと泳ぐことしかめつらすること
人を好きになること嫌いになることどっちでもないこと
そうして覚える以上のことを忘れた

夏はほんとうは生涯にただ一度だけなのではないか
夏がめぐって来るたびに今度こそはと夢見るが
終わってみるとどの夏も生涯に一度の夏ではなかったと思う
駅に止まってもそこが下りる駅ではないみたいだ
いつまでも下りることが出来ないのは迎えに来てる人が
すれ違ったこともない人ばかりだからなのか
蟬が鳴き太陽がかんかん照っている
遠くに水平線がかすんでいる
また夏が来た

I 釘

七月十五日　はれ

とうさんが、べっそうの柵をなおしました。わたしは口の中に釘をたくさんたべて一個ずつとうさんにわたしました。

「オオウアン、アンデ　ヘッソウノイオハ　ヒフンエ、アオアナイアカ」

「ばか、釘を口の中に入れてしゃべるんじゃない、はき出せ」

わたしは口の中の釘を手の上にはき出して、つばもたらしました。

「ばかやろう、きたないやつだ、つばまで出すな」

「ねえ、とうさん、なんでべっそうの人は自分で、なおさないだか」

「えええ、学者さんだもん、こんなこたあ、やらなくていいだ」

「ふーん」

とうさんは、わたしの手からつばきにぬれた釘をトントントントン柵にうちつけます。

「学者だから、けんたろうさんのおとうさんだれとも口きかんの」

とうさんはだまって、トントン釘をうちつけます。

「けんたろうさんはね、かぶと虫くさいってさわらないんだよ、きっとこわいんだ」

「けんたろうさんもええ頭がいいってこった」

けんたろうさんは、夏になると白い日傘をさしたおねえさんみたいにきれいなおかあさんと、黒い帽子をかぶった、目ばっかぎょろぎょろして笑わないおとうさんと一しょに、黒い車でやって来ます。

すると、二、三日たって、おくのべっそうの京子さんとかすみさんがひらひらリボンのいっぱいついた洋服を着て、やっぱり黒い車で来ます。わたしはいつもこ

の柵から見ています。けんたろうさんは京子さんとかすみさんとしかあそびません。

京子さんとかすみさんとけんたろうさんは、あんまりべっそうのにわから出て来ません。わたしが見ていると京子さんが来ていいます。

「あっちへいってちょうだいよ」

わたしは、つかんでいる蛙をおもいっきり京子さんになげつけます。

京子さんは大きな声で「おかあさまあ」となきそうになります。

わたしは「オカアサマアー」と大声でいってやります。

そんな時、セーラー服を着ているけんたろうさんは目ばかり見開いて、棒くいのようにつったっているだけです。早く来るといいなあ。

わたしはへびのぬけがらを木のうろにいっぱい、かくしてあります。早く来ればいいのに。

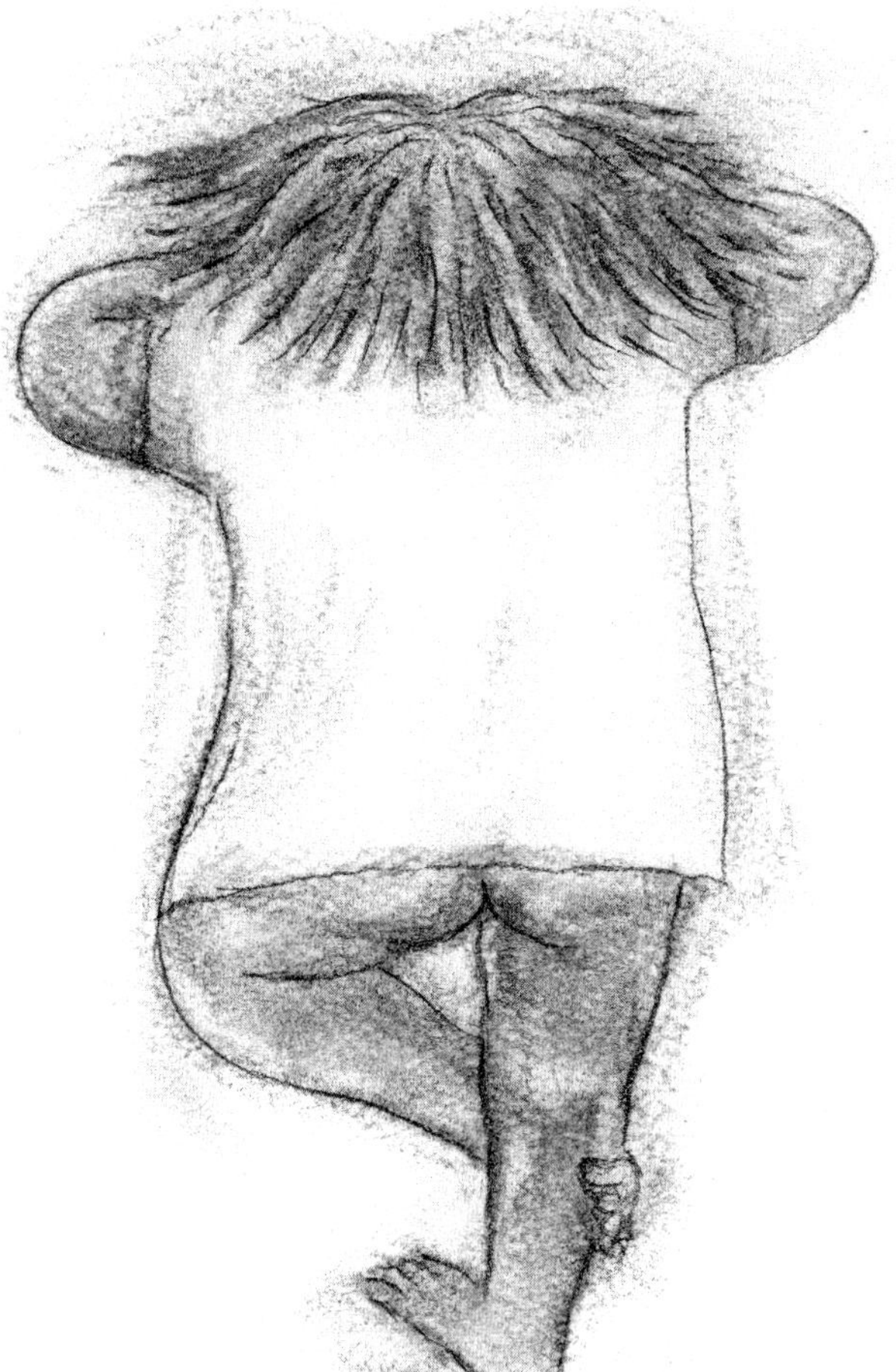

七月二十三日　ほぼ晴天。

午後二時過ぎ、京子の運転で山荘着。掃除、片付けをすませて京子とんぼ帰り。持参のパン、ブリー、モーゼル半瓶にて夕食。テレヴィジョン映像不良。和室の床の腐れがひどくなっている、歩くとブョブョ。無理もない、築後六十年というのは、このあたりでも新記録ではないか。河内山荘も遂に今年は新築した。ギャレージ付き、真新しいヴォルヴォがとまっている。全集の売行き良好ということか。羨《うらやま》しくもなし。

戦前は軽便鉄道《けいべんてつどう》の駅から、タクシーで来た。何故かここのタクシーは、皆オープンカーの黒いダッジかシボレーで、警笛《けいてき》もゴムのラッパではなく、電気式のやつだったのがひどく嬉しかったのを憶えている。それに排気の匂いが東京で嗅ぐのとは全くちがっていた。あの匂いを嗅ぐと、子ども心に夏が来たのだと思った。ガソリンの質が変ったのか、当方の鼻が鈍ったのか、近ごろは嗅いだことがない。玄関の帽子かけに、古い麦藁帽子《むぎわらぼうし》がひとつだけかかっている。麻美が小さいころかぶったものなら見おぼえがあるはずだ。いつからそこにあるのか。思い出せそうで思い出せず、神経にひっかかる。こういうことが多くなった。

就寝一時。ストーヴのたきつけ用にほうり出してあった麻美の古い少女マンガを拾い読みしつつ眠る。ひとりは良い。

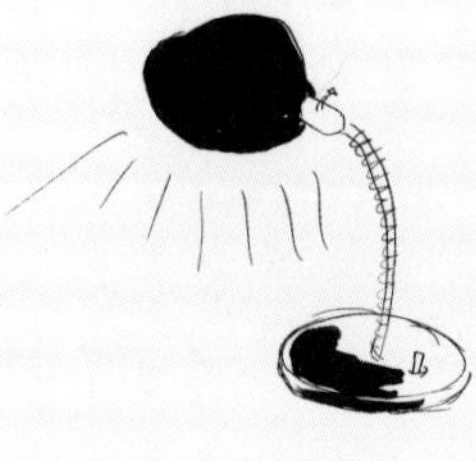

七月二十三日　あめ

かあさんが「あめがふっているから牛乳をべっそうにとどけろよ」といいました。けんたろうさんはふつうの日はブリキの牛乳入れをもって、「おばさま、牛乳いただきにきました」といって、そうっと土間《どま》に入ってきます。わたしは毎日びっくりします。おばさまってかあさんがいわれるからです。かあさんは、毎日、おばさまっていわれてもじもじして、わたしは毎日びっくりします。かあさんはぜったいにおばさまではないからです。あめにぬれるとけんたろうさんはねつをだすのです。

わたしは、傘《かさ》をささないでけんたろうさんの家のえんがわからガラス戸をドンドンたたきます。机にむかってうしろむきになっていたけんたろうさんがガラス戸をあけました。

わたしは「ほれ」といって牛乳入れをわたしました。けんたろうさんは、ありがとうといいます。

「きみ、ねつがでるよ」とわたしを見ていいます。わたしはにやにやします。にやにやなんかしたくないけど、にやにやしてしまいます。わたしはぜったい「きみ」ではないし「ねつ」なんかでないのです。

「きみ、しっている、うちゅうってどこまでつづいているか、いま、うちゅうにかんする本読んでいるんだ」

わたしはにやにやしたまんま、だまってかえって来ました。

わたしはよるねるとき、ばあちゃんにききました。

「ばあちゃん、うちゅうってしっている？」「しらん、早くねろ」とばあちゃんはいいました。

七月二十八日　雲多し、驟雨《しゅうう》あり。

午後、散歩がてら買物に出る、往復四キロ。ゆきかう自転車に乗った若者たちは、男も女もみな判で押したように、テニス着をきて、荷台にラケットをつっこんでいる。

紙箱に入った牛乳、年々まずくなる。昔は土地の農家の飼っている牛から出る、しぼり立てのが飲めたのだが。白くてとろりとしていて、時折、枯草のようなものがまざっていて、母が神経質にざるで漉《こ》し、必ず鍋で沸かしていたのを憶えている。

母はそれを毎朝コップ一杯、私に飲ませた。牛乳は好きじゃなかったが、それを飲む朝のひとときはきらいではなかった。子どもだから、もちろんそんな意識はなかったはずだが、私は自分が今生きていて、これからも生きていくのだというふうに感じていたと思う。その生きていて、生きていくということが、なにかひどくやるせなく、甘美なことであるように思えた。

あのころ漠然と予感していた生きることの味わいを、私は果して味わっただろうか。

京子より電話。英語教室大繁盛にて週末は来られぬとのこと。理由はなんとでもつけられる、そう思う自分を卑しいとも思わない。

夜、家の前へ出て木《こ》の間《ま》がくれの星空を見上げる。おそろしく静かだ、おそろしく静かだ。この静けさにむけておれは考えつづけてきたのだという思いが、不意に心をよぎった。夜半、腹痛に目覚め、下痢《げり》。

八月一日　はれ

きょう、すごくきれいなへびのぬけがらをみつけました。まっ白でかさかさしていて、どっこもやぶれていません。わたしはひみつのうろにかくしにゆきました。それから、けんたろうさんのべっそうの柵のところにすわってじっとしていました。

京子さんとかすみさんは、白いレースをひらひらさせてピンポンをしています。けんたろうさんは、そばのいすにすわって、足をぶらぶらさせています。わたしはじっとまっています。かすみさんと京子さんはすぐあきるのです。そして二人でぶらぶら川の方にゆきます。川のすぐそばの花をとりにゆくのです。すぐとれる地べたにさいている花を。わたしはがけにさいている赤い百合《ゆり》だってとれる。

わたしは二人のあとを、きどりんぼの京子さんのまねをしながらつけてゆきます。

わたしをふりかえって二人はかわりばんこに「しっしっ」といいます。

わたしはかけだして、へびのぬけがらのかくしてある木のうろにかくれて、一番きれいなぬけがらをのこして、あと全部を両手でかかえて、二人が木のまえをとおりかかった時なげつけてやりました。

二人は「キャー」といってなきだしました。そして、「おかあさまあ、おかあさまあ」といってべっそうの方にはしってゆきました。

わたしはだまって木のうろから出て来てはしってゆく二人を見ていました。

よるねながら、けんたろうさんがいった「うちゅう」ってなんだろうと思いました。なんだかくらいところみたい。

八月一日　終日霧雨。

午前中、スタンフォード大より求められた英文論考下書《したがき》、五ページ。これまでの自分の業績のレジュメの如きものだから、当然と言えば当然だが、新しい展開のないことに苛立つ。

子どものころ初めて読んだ通俗科学書に、衛星上から見た土星の想像図があり、その荒涼とした美しさに息を呑んだことが私を今の道に進ませたのだが、あのとき私が感じたものはいったい何だったのか。それは一口に言うと人間への嫌悪ということではなかったかと、近ごろ思い始めている。

だがその嫌悪の内容は単純ではない。人っ子ひとりいない宇宙の景観に私が安心のようなものを覚えたのは事実だが、そこにはまたある渇望《かつぼう》もたしかに存在した。いわば私自身の肉体が原子となって遍在し、目前の荒涼とした風景と溶けあってしまいたいという欲望。これはもしかすると、徹底してエゴセントリックな欲望なのかもしれない、宇宙に対するのは自分ただひとりという。現実の人間に対しては、だから私はいつも恐れを抱いてきた。現実の人間のもっている姿形、肌のぬくみ、匂い、自分にもそれがあるのに、私はそれに違和を感じた。自分だけは透明人間だと私は思っていたのだろうか。何か自分を勘定に入れずに、私は世界のありかたについて思いめぐらしてきたように感ずる。それが学問の方法だったような気がするのだ。もしそうだとしたら、私はきっと何かをとらえそこなっている。

カセットで、バッハのインヴェンションを聞きつつ眠る。

八月三日　はれ

きょうはなんにもすることがなかったのでうらのがけの上の木にのぼりました。

わたしは、どんどんのぼることができます。ぞうりをはいたまま。

たかくのぼると、木の葉でかくれてわたしはだれにも見えません。

わたしはゆらゆらゆれながら、ひるねをすることができます。

下の川原で石をなげる音がしました。

見るとけんたろうさんがパンツ一つで川原に穴をほっていました。わたしはびっくりしました。けんたろうさんがパンツをはいているなんて、ようふくをぬぐなんて。

けんたろうさんはひょろひょろやせていて、なまっ白くて、骨がみえます。

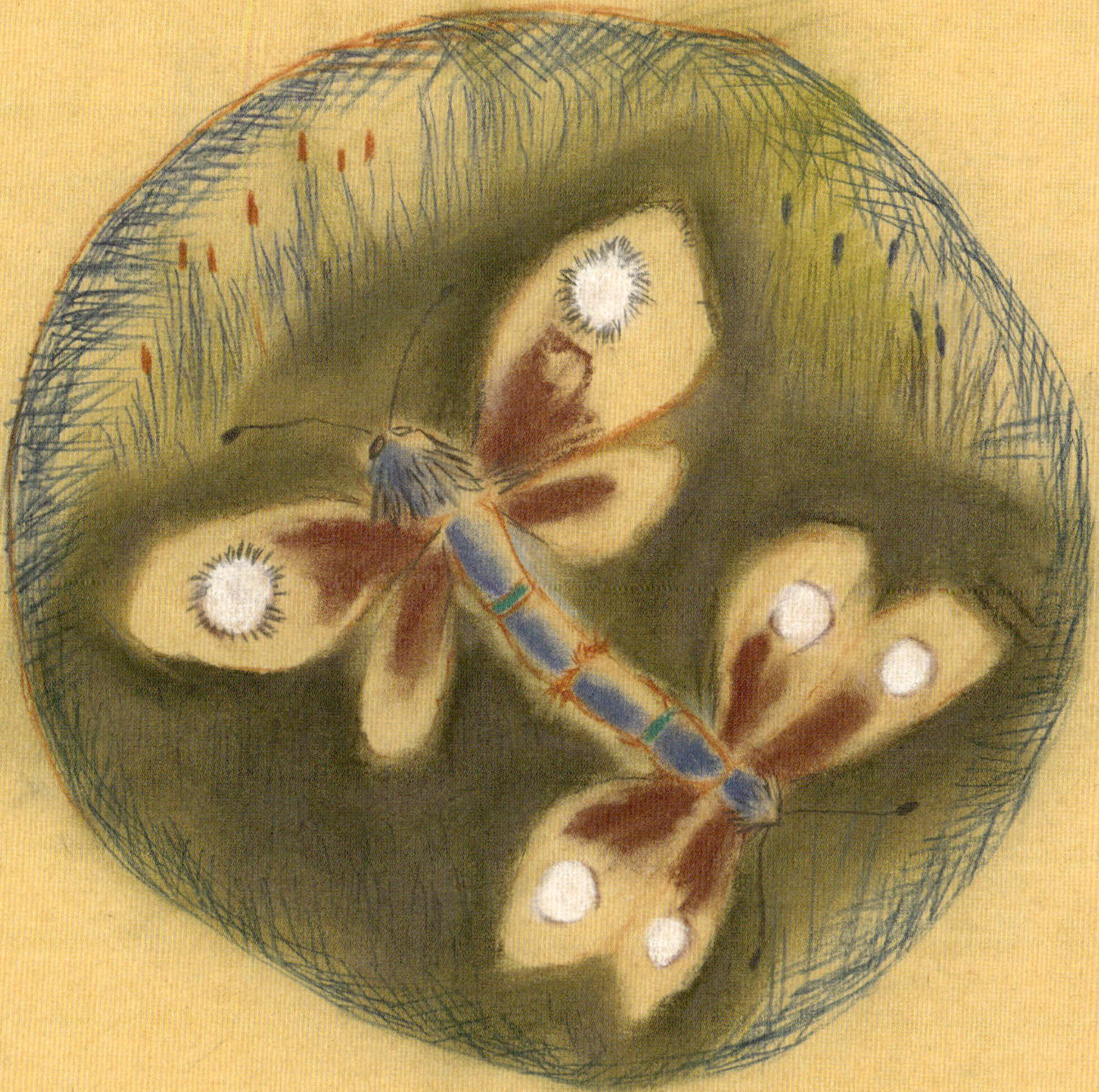

骨がみえてひょろひょろしているのは上品だなあと思いました。

穴からすこしはなれたところに、セーラー服がきちんとたたんであって、同じくらいの大きさの丸い石を四つセーラー服の上において、その真ん中に本がありました。

そばにハンカチがひろげてあって、そこには石が一つおいてあります。

そして、けんたろうさんはときどき穴をほるのをやめて、ハンカチで手をふきにゆきます。

それから、本をひらいて一生けんめい見ています。そしてまた、穴をほりにゆきます。変なかたちの穴。

けんたろうさんはもう学者になりかかっているので、穴をほるのにも本をしらべるのかしらん。

穴にはどんどん水がたまってゆきます。

けんたろうさんは石を川の中になげて、穴を大きくしてゆきます。変なかたち。

しゃがんだ時、パンツが水にぬれました。けんたろうさんは、パンツのゴムをひっぱって、パンツの中をのぞいています。そしてパンツをぬいでしまいました。ひょろひょろのけんたろうさんに、おちんちんがついています。だれもまもってあげてないおちんちんをつけたけんたろうさんを見て、わたしはなきたくなりました。

けんたろうさんはセーラー服を着て、ぬれたパンツをはかないで、半ズボンをはいてくつもはいて、パンツをぶらさげてかえってゆきました。

わたしは夕方くらくなるまで、木の上にじっとしていました。

よるねようと思って目をつぶったら、はだかんぼうのおちんちんをつけたけんたろうさんがみえました。

けんたろうさんはくらいところにまっ白けのひょろひょろのはだかんぼうで一人で立っています。

あんなくらいところが、ずっと前、けんたろうさんがいっていた、「うちゅう」なのかしら、わたしはふとんをかぶってなきました。

八月三日　快晴。

裏の崖を苦労して下り、川べりへ出て、裸足になって川へ入る。石を拾い集めてダムのようなものを造る。

昔とったキネヅカだ。たといどんなささやかなことでも、自然に手を加えたいと思うのは、人間の本能であろうか、だとしたら、その本能はいったい進化のどの時期に形成されたのか。川の水は痛いほど冷たい。

川上のほうへぶらぶら歩き、朽《く》ちかけた丸木橋のかたわらに、見おぼえのある廃屋を発見する。川岸にえんどうやトマトやじゃがいもを育て、冬は炭焼、夏は何軒かの山荘の管理のようなことをやっていた家だ。牛小屋の跡があったので思い出したが、夏の間、牛乳を買っていたのもそこだ。

女の子がひとりいて、名前は忘れたが、山猿のようにはしこい子だった。幼いころの京子やかすみさんにわるさをして困り、母がその子の父親に苦情を言いにいったことがあった。かすみさんとはもう十数年会っていない。最後に来た絵葉書はジュネーブからだったか。

眠りに入るほんの数十秒ほどの間、覚めているのか眠っているのか分からぬような状態になることがある。やったことはないが、ドラッグでトリップしているのは、あんな感じなのかと思う。そんな状態で、私は誰かと一緒にいた。皮膚の接触はないのに、うっとりするほど快い。私がその誰かに触れようとしたところで、私は眠りこんだらしい。だが朝目ざめたあとも、快感はおぼえていた。あれは誰だったのか。

八月四日　はれ

とうさんが、あたらしい帽子を町でかってきてくれました。でも男の帽子だったので、黒いリボンがついています。

わたしは、黒いリボンはとってしまいました。どっかにいこうと思ったけど、どこにもいくところがないので、おくのべっそうの前をいったりきたりしたけどだれもいません。

わたしは、へびのぬけがらをかくしてある木のところにいって、いちばんきれいなとっておきのぬけがらをとりだしました。

おひさまにすかして見ると、むらむらにひかってとってもきれい。帽子にリボンのかわりにまきました。

帽子はすごくりっぱに見えました。

それから、川にゆきました。きのうけんたろうさんがほった穴がそのまんまになって水がたまっていました。水にさわると、水はお湯みたいにあったかくておふろみたいでした。穴はなんだか人のかたちみたい。両手をひろげて両足をひろげた人のかたち、ちょうど、わたしぐらい。

わたしは洋服をぬいで、パンツもぬいでその上に帽子をおいて、帽子の上に石ものっけて、はだかになりました。

そして穴にそうっと入りました。

あったかい、わたしは穴のかたちにからだをひろげて目をつぶりました。あったかい水が、ぴちゃぴちゃ、からだじゅうにかぶさって口やはなもぬれてしまいます。

わたしは、じっとしてはなの中に水が入らないようにして口をあけました。口にもあったかい水が入ってきて、いいきもち。

おひさまが、まぶしくて、目をつぶっているとだんだん世界じゅうがまっかになってきました。わたしはいつまでもいつまでも、この穴の中にからだをひろげていたいなあと思います。

なんだかすうっとすずしいみたいな気がしてわたしは目をあけました。まぶしくって目がいたくてなにも見えません。

だれかいるみたい。

しばらくすると、ぼうっとむらさきいろのかげのようなけんたろうさんが立っていました。

八月四日　晴間あり。

名を呼びたい、幼児が呼ぶように名を呼びたい、ただひとつの名を、だがその名が出てこない。その名を呼べさえしたら、今まで私のうちにかくされていたものが、いちどきに溢れ出てきそうな気がする。

おぼろげなイメージがある、遠い過去の、水の中で揺れているような。その水が太陽に反射してまぶしい。

私が見ているのは、ほっそりした焦茶《こげちゃ》いろのからだ。そのからだは、太陽に熱せられた枯葉のような匂いがする。見ているだけでは私は満足できない、私はそのからだに近づいてゆく。私はそのからだに自分のからだを重ねる、そうしてえたいの知れない心持ちになる。あのからだに名はあったのだろうか。

川べりだったような気がする、だがそこは宇宙のどこかだった、いやそこが、そ

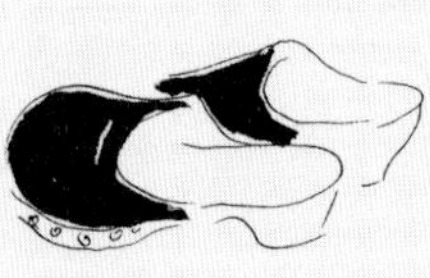

ここそが宇宙だった。私とそのからだは、宇宙のただなかで、じっとしていた、だまって。まるで生まれる前からそうしていたように、まるで死んだあともそうしているとでもいうように。それから、私のからだが突然一点に収縮する、と同時に無方《むほう》へ散乱する。

言葉にすることができないのか、言葉にすることを恐れているのか、宇宙の基本構造についてあれほど多くの言葉を費やした私なのに、言葉が出てこない。私の全く知らない宇宙が、私が知っていると思いこんでいる宇宙に重なりあって存在しているように感ぜられる。

今、思い出した、書いているうちに今、はっきり思い出した。玄関にある麦藁帽子はあのとき拾ってきたものだった。

帽子を帽子かけからとってきて、これを書いている枕もとにおいた。匂いをかいでみた。かびくさいだけだ。

もう何も思い出せない。何か今まで一度も口にしたことのない名が、のどもとまで出かかっていて、出てこない。母の名でも、妻の名でも、娘の名でもない。

八月五日　あめ

あめがふっています。かあさんが「牛乳をとどけろよ」といいました。

「やだ」とわたしはいいました。かあさんはびっくりしてわたしのかおを見てだまってわたしの手に牛乳のカンをもたせました。そしてじろじろわたしを見ます。

わたしはのろのろあるき出しました。

わたしはべっそうのガラス戸のところまでいってだまって立っていました。

けんたろうさんがうしろむきになって机にすわっています。わたしはガラス戸をあけてだまって牛乳カンをえんがわにおきました。けんたろうさんは石のように机にへばりついてうしろをふりむきません。

わたしはガラス戸をしめてはしりました。はしり出したら、いつとまっていいの

かわからなくなりました。

わたしはどんどんはしりました。あめがパチパチかおにあたっていたかった。

わたしははしりつづけてうろのある木までいってうろの中に入ってまんまるくなってじっとしていました。いつまでもじっとしていました。

じっとしているといつじっとしているのをやめたらいいかわかりません。

ずっとじっとしていました。

あめがやんで、日がさしてきました。

わたしはきのう帽子をわすれて来たことをおもいだしました。

とうさんは気がついたかしら。

わたしはがけを下りて川の方にゆきました。帽子をおいたところに帽子はありません。そしてあのいちばんきれいなへびのぬけがらだけがありました。

きのうの穴は川の水がふえてかたちがくずれていました。その上をきれいな水が大いそぎではしってゆきます。

わたしは、へびのぬけがらをひろってていねいにひとさしゆびにまきつけました。

ぐるぐるまきにしたすこしぬれているへびのぬけがらをわたしはじっと見ました。
そしてベロリとなめてみました。
なんにもあじがしない。わたしはへびのぬけがらをほどいて川にながしました。
ぬけがらは生きているへびのようにくねくねしながら大いそぎで流れてゆきました。

九月二日　快晴。

ほぼ一月、日記を中断していた。奇妙な夏だった。予定の論文は仕上げたが、上の空で仕事をしていたような気がする。とりとめもない記憶の断片が、時をかまわず襲ってきて私を悩ませた。ジグソー・パズルのようにそれらをはめこんでゆくことができれば、私の人生の絵が完成するのだろうか、いやそうは思えない、生きることは、パズルのようなはっきりした形をもっていない。

迎えに来る京子の車を待つ間、敷地の中を意味もなく歩いた。子どものころたしか境界に柵が立っていたあたりで、小さな白い花をみつけた、名はもちろん知らない。もっとよく見ようとしゃがんだら、足ににぶい痛みを感じた。サンダルと足の間から錆びた釘が一本落ちた。

理由もなくその釘を手にとり、白い花のことは忘れて、私はそれをみつめた。くの字形に折れ曲り、朽ちかけている一本の釘。柵をとめていたものだろう。何故かひどくなつかしいような気分になった。釘が何か言っているんじゃないかと、馬鹿なことを考えた。何故だろう。釘をポケットに入れたら、門の方で、車のホーンが鳴った。

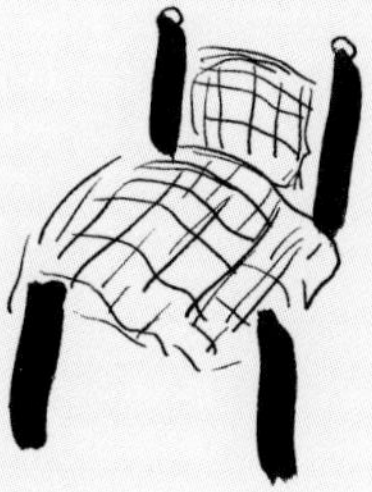

II 安心してここにいる

今日は日曜だけど、父親参観日だから学校がある。

でも、10時からだから朝ねぼうできると思ったが、暑くてねていられなかった。

「あー暑い、暑い」と下に降りて行くと母さんはいなかった。冷ぞう庫から牛乳出してのんだ。

母さんの部屋行くと、母さんはまだねていた。「ねえ、こんな暑いのに、よくねてられるよ」と言うと、「意地でも九時までねる」と言ってタオルをかぶった。

「でも今日学校だよ、ほらあれ」。母さんはタオルから顔出して、「あれか」と言うととびおきて、「シャワーシャワー」とお風呂にとびこんだ。

うちは父さんがいないから、母さんが来る。わたしは、気がついた時から父さんがいないから、父親参観日にはいつも母さんが来る。お父さんがいないのは二人で、本当はもう一人お父さんがいないたかしはお母さんは絶対に学校に来ない。駅前で酒屋さんをやっていて、たかしのおにいさんが二人お母さんといっしょに働いているけど、おにいさんは二人とも不良で、髪の毛パーマかけて、ちぢれていて、一人のおにいさんはまゆげがない。たかしは、学校で、「かしら」といわれていて子分が六人か七人いるからたかしも不良の卵で、ぜったいに不良になると思う。

母さんは、父親参観日は、はんぱじゃないおしゃれをするので、すごくうれしい。

さいしょ母さんは、ワイズのダラーッとした黒いワンピースを着た。

「ねえねえ、めぐみ、これどう」

「ふりょうみたい」とわたしが言うと、「そう?」とつまんなそうにこたえた。それに、四つくらい銀色のブレスレットをチャラチャラならして、かがみの前でくるくる回っている。

「そーか、やっぱPTA向きじゃないね」と言うと、すぐぬいで「じゃおとなしく、シックでいくか」と言って、こんどはイッセイミヤケの白いプリーツのブラウスに、グレーの巻きスカートを着た。巻きスカートは歩くと足が上の方まで見える。

「めぐみ、オブリー、オブリー」と母さんが言ったので、わたしはベッドのわきのひき出しの時計入れ場から、重い銀色の時計を持っていってあげた。母さんはじゃらじゃらのブレスレットをはずして、時計だけはめて、「これでどう」と指をそっくり返らして、しゃなしゃなしている。

「うんいい」とわたしは言った。

「あのどぶねずみ色のおやじたち、ころっとまいらせてやるからね」母さんはかがみに向かって口紅をつけ直してニヤーッと笑った。

「母さんいっぱつ、いっぱつ」わたしは母さんに向かってVサインを出した。

母さんは、外へ出ると白い大きい帽子をかぶって、サングラスもかけた。

「それにしても暑いわね」

二人とも少しだまって歩いた。

「こんどは、何にしたの」と母さんが言った。

「昔アイドルで、今ドサ回りの歌手」

「ふーん、ヤク中だったりして」

「片目、義眼で、時々落とすんだ」

「あんた勇気あるねえ、身障者はタブーだと思うけどね」

「でもね、わたしに会って泣くんだ、目玉とって穴から涙ながすんだ」

「ちょっと過激だよ」

「だって、それくらいの自由わたしにあるんだ。母さんはもう作れないもんね」

母さんは黙ってしまった。下を向いて歩いている。サングラスの中の目ははっきりわからないけど、けっこういってる目をしていると思う。

二人とも黙っているとやばい。お互いに感じていることを感じ合うからだ。

「あれ、ほら一匹来たよ、どぶねずみ」

山口君が、銀行副支店長のお父さんと並んでテーラー高山の路地から出てきた。頭ポマードで七・三に分けているのが笑える。このくそ暑いのに、グレーの背広にネクタイしめて、不思議なことに汗も出ていない。

山口君のお父さんは母さんを見るとドギマギしてすぐ目をそらした。

「ね、母さん、あのどぶねずみ、母さんのことアブナイと思っているね」わたしは小さい声で母さんに言う。

「あんなの十分もあれば、イチコロよ」母さんも小さい声で言った。

「何がうれしくて生きているんだか」母さんは歌うたうみたいに帽子のつばを少し直しながら言った。


父親参観日はきまって、「私のお父さん」とか「お父さんのお仕事」とかという作文を書かされて、それを読むのだ。

ぎっしり大人の男が教室に入って立っていると、男くさいにおいがする。

ふつうの参観日は、お化粧くさくて、暑くるしい。暑くるしいだけじゃなくてほんとうに暑い。

大人の男が何十人も並ぶと、暗ーい感じがするし、ぜんぜんおもしろくない。退屈だ。

小島のお父さんは、野球の選手で有名人で、小島のお父さんを見に他のクラスの男子はギャーギャーさわいで、意味もなくウッホーとか言うけど、背番号17の巨人のユニホームを着ていればかっこいいけど、紺色の背広なんか着て目立たないようにしていると、ふつうのおっさんで、面白くもおかしくもない。

それでも有名人だから、わたしはついさがしてキョロキョロミーハーをやってしまう。

母さんは父さんのことを一度もわたしに話をしなかった。保育園の時から、わたしは母さんに父さんのことは絶対きかない方がいいと思っていた。

わたしが絶対きかないから母さんもなおさら意地になったのかもしれない。

二人とも父さんなんかいなくても何も不便じゃないように暮らしてきた。いなくても困ることはぜんぜんなかった。

母さんはおしゃれだったから、わたしにもバンバン洋服買ってくれた。母さんは車運転するから、ドライブとか旅行とかも、ふつうの家よりたくさん行っていると思う。

海へ行ったりプールに行ったり、スキーに行く時は、母さんは会社の友達の若い男の人連れてきてくれて、その人たちがいろんなこと教えてくれた。

わたしはお父さんとお母さんと子供がいかにも仲良し家族やっていてもぜんぜんうらやましいと思ったりしなかった。何だかダサい感じがする。

一年生の時、図工の時間にお父さんの顔を描きなさいと言われた時、わたしはびっくりしてしまった。

その時は、母さんがハリソン・フォードが好きだったから、わたしはハリソン・フォードのつもりの男の顔を描いて、頭の毛を茶色にした。わたしはハリソン・フォードのつもりで描いたけど、一年生の時はみんなどのお父さんもひげをボツボツ生やして、顔の肌色もハダ色のクレヨンを全員がぬって、目とか鼻とかのクロのクレヨンがこすれて誰のお父さんもほんとうのお父さんになんか似ていなかった。

その絵を家に持って帰った時、母さんが、「何、これ?」と言った。「ハリソン・フォード」とわたしが言うと、じーっとわたしの顔を見て、ハリソン・フォードのつもりの絵をじっくり見た。母さんは全部わかったらしかった。母さんはその時、「あの男は恋人にはいいけど、父親としてはどうかしらねェー。ダスティン・ホフマンの方が、いいと思うなあ」と言った。

それが始まりだった。

その次は作文だった。「私の家族」。わたしは、母さんのことだけを書いた。先生は、気をつかって、お父さんはどうしたのかなとかわざと書いていなかった。

だから、先生もわたしに父さんのことは絶対にきかないようにしているらしかった。友達はバカだから、みちくんなんか「お前、おやじ死んでいるのかよ、生きているのかよ」ときいたことがある。

わたしはだまってジロリとみちくんをにらんでやった。みちくんはいそいで目をそらしたけど、わたしが一分半くらいにらんでやったら、急に「お前ファミコンいくつ持っている」とへこへこした。「交通事故」と言うと、みちくんは、目をピカリと光らせたけど、それ以上きかないで「今日おれんちでファミコンやる?」とすごく優しい声で言った。

「ほんとうはね、山でそうなんした」みちくんはもぐもぐして「かっこいいじゃん」と言った。

「でもほんとのほんとはねェー」と言ってもう一度ジローッとにらんでやったら「おれしょんべん」と言っていすをガタガタして逃げていった。

それから、みちくんはわたしの子分になった。

二年の父親参観日の前に、母さんは学校のプリントを読みながら、

「先公って、バカだね、何で、どいつもこいつも同じことしか考えないんだろ。おもしろくもおかしくもない。

ねえ、めぐみ、今度はどかーっとかましてやんなよ」

そのころわたしは子供っぽかったから、ケーキとかお菓子とかが好きで、うちがお菓子屋さんならいいと思っていたから、「お菓子屋さんにする」と言った。

「あーあー、歯が悪くならなきゃね。あんた虫歯一本もないのに。このわたしのかしこい育て方の偉大な成果なのになあー」と母さんはつまんなそうだった。

「だからあ、そのお菓子屋さんは、虫歯にならないお菓子を発明したの。いくら食べても虫歯にならないんだ」

「ふーん」と母さんは遠くを見ていた。

わたしは母さんが遠くを見るとドキリとする。もっと小さい時からドキリとしていた。

わたしは、母さんが遠くを見るのをやめさせようとあせるのがくせになって、「ねえ、ねえ、ドーナツ作って」と甘えて母さんのうしろから抱きついた。

「わかった、わかった」

母さんは、わたしがピアノから帰ってきた時、ドーナツじゃなくて、シフォンケーキを作っていた。

ケーキの下にきれいな紙レースまで敷いて、一番いいロイヤルコペンハーゲンのティーセットも出してあった。

母さんは負けずぎらいですぐがんばる。がんばるとたいがいのことは「イェイ」とVサインを出すくらいのことはできてしまうのだ。

「そのへんの母ちゃんに負けてたまるか」とすぐ口に出す。

その時は何もいいばらなかった。

シフォンケーキは、二人で食べきれなかった。

わたしは次の日の作文は、おもちゃ屋さんにした。でも先生は、父親参観日にわたしを指して作文は読ませなかった。

その時、わたしはこれから先も先生はわたしのことを絶対にあてないということがわかった。

シカトしたのだと思う。それからどの先生も父さんのことはシカトする。

友達にシカトされるとむかつくが、先生に父さんのことでシカトされるのは何だか先生に勝ったような気がして、先生は勇気がないだけだと思った。

たぶん、父親参観日に母さんが来ても、先生は母さんのことをシカトしているのだと思う。母さんはシカトされるのをおもしろがっているみたいで、わざとめいっぱいのおしゃれをしているのだと思う。母さんは勇気がある。

でも父さんのことを一番シカトしているのは母さんなのだ。

それからわたしはだんだんりこうになったから、お菓子屋とかおもちゃ屋とかようちなことは考えなくなった。

三年の時は新聞記者にした。

四年の時は外交官にした。

五年の時は、まともな職業じゃおもしろくなくなったのでかぶきに出てくる、黒い服着て舞台でコソコソ動いている人にした。ちょっと前に母さんと伯母さんとかぶきを初めて見たのだ。「あの黒い人何」と伯母さんにきいたら「黒子《くろこ》」とおしえてくれた。

かぶきは何だかわかんなかったけど、わたしは黒い人ばかり見ていた。顔も見えなくて、ずっと見ているのだけど、あっと気がつくといなくなってしまうのが手品みたいですごく不思議だった。

帰ってきて、「今度は『黒子』にする」と言ったら母さんは、「あんたむずかしいものにしたわね。調べなくちゃわかんないわよ、わたしだって」と言って、次の日小さな本を買ってきた。

「秀十郎夜話《ひでじゅうろうよばなし》」と書いてあった。母さんはその日スパゲッティをゆでながら片手でなべをかきまわして、片手で本を読んでいた。時々「うーん、うーん、こりゃ奥が深いわ、いやなかなかおもしろい。これはいい線かもよ」とずっとごはんの時も本を見ながらスパゲッティを食べていた。

「まずですね、うんと年寄りにしなさい。それでね、馬の脚専門の黒子がいい。馬の脚が一番むずかしいのよ。それからね、ほら、お姫様の白い着物がパッと赤くなったでしょう。あれの新しいやり方発明したことにする。

家にはあまり帰って来ない。その上アル中で、気むずかしくて陰気」

母さんは本を片手にどんどん言いつづける。

「何で、帰って来ないの」

「だって毎日帰って来たら、書くことたくさんになってめんどくさいじゃん。気むずかしくて陰気だと、会話とか考えなくてもいいわよ。でもね、ほんとうは外に女がいるのよ、この本ではね。でもほらあんたは子供だから、そんなこと知らないですませられるわよ」

「何で陰気にするの」

「この本によるとね役者にいじめられているんだ」

「お金持?」

「全然」

「じゃあ、お金持って来ないから離婚したことにする?」

「そしたらどっかで生きていることになるからめんどくさいよ」

「そーだね、今までも全部殺したもんね」

「馬の脚やっていて舞台の上で死んだことにすれば」

「うしろ脚なの前脚なの」

「前脚よ。それで上にのせてる殿様が舞台の上でころがってしまう方がおもしろいわよ。ちょっと待って、ねえ、前につんのめるのと、うしろにひっくりかえるのとどっちがいい？」

「うしろの方がばかっぽいかな」

「そうだね、殿様が、かえるみたいにひっくりかえる。でもね、役者ってのはひどい奴らばっかだから、殿様は恥をかかせられたって、すごく腹立てる。お葬式にも来ないのね。それが、あの人のふくしゅうってわけよ」

その時初めて母さんはあの人と言った。

校庭は白っぽくてガランとしている。

父子連れがゾロゾロ歩いているのに、ガランとしている。校庭が日曜をしているからだと思う。

ジリジリ暑い。その暑さがいかにも夏の日曜の校庭の暑さで、ほかのところと暑さがちがう。だからわたしは校庭を見ないようにして母さんと校庭を歩いた。

母さんは道を歩いている時よりも、学校に入ってからの方が目立った。どんどん目立っていく。

母さんは、カッと力《リキ》を入れ始めてどんどんエスカレートしているのだ。

どぶねずみ色の背広の男の人は、母さんが近よるとパッとはねのくようになる。母さんのまわりには、円《まる》いわくのような空間ができている。

教室の入口で母さんとバイバイした。先生が入って来た。先生はふだんよりコチコチになってきんちょうしていた。声なんかも棒みたいになってとんでくる。

それで、言うことが、うそっぽくなっている。いつもだって、先生の言うことはうそっぽいけど、参観日は超うそっぽい、それが父親参観日は超超うそっぽい。まるでテレビの中のドラマの先生をまねしているみたいだ。

教室の中の大人の女は先生と母さんだけだ。二人は同じ年なのに、同じ女じゃないみたい。

ふり返ったら、どぶねずみのお父さんたちは満員電車みたいに混み合っているのに母さんのところはスコンと空いていた。

先生は昨日書かせた作文を生徒の机に置いて歩いていた。となりのえみちゃんは三枚も書いていた。

わたしのところに先生が来た。

先生はだまって一枚だけ紙を置いた。

それは名前が書いてあるだけで、まっ白だった。

わたしは一度も作文を書かなかった。

先生はいつも黙っていた。

母さんもわたしが白紙の原稿用紙を出すのをずっと知っていた。

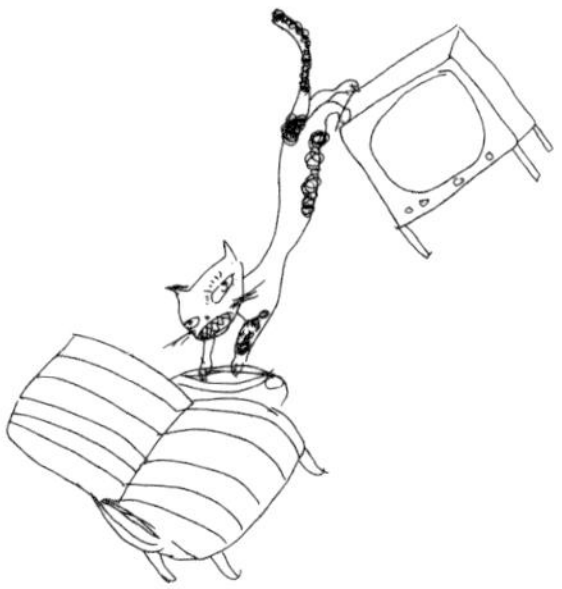

その夏、ぼくは生きていたくなかった。死にたいとは思っていなかったが生きているのがめんどくさかった。理由ははっきりしなかった。その夏はいつになく暑い夏だったが、ぼくの部屋には新しいクーラーがあった。べつにからだが悪い訳でもないし、誰かにふられた訳でもなく、金がない訳でもなかった。もしそんな理由がひとつでもあったとしたら、ぼくはきっと生きていきたいと思っただろう。健康になる、誰かに愛される、金をもうける、どれをとっても平凡だが人を未来に向かわせるには十分だ。それじゃあその夏、ぼくは満ち足りていたのかというと、それもはっきりしなかった。他人から見ればぼくは必要にして十分な生活を送っているように見えただろうし、自分で考えてもそれはその通りだった。だが同時にぼくには何かが不足してると自分では考えていた。友人に会うと「なんだか元気がないみたいだね」とよく言われた。「そうかなあ」と答えると、みんなが言い合わせたように「夏バテだろ」と言うのだった。そんなやりとりはぼくをうんざりさせたが、それ以上突っこんで自分の心の状態を友人に話す気にもならなかった。

生きていたくないという気持ちがぼくを不快にしていたのは事実だが、それが同時にぼくを安定させていたようにも思う。生きていたくないと感じることで世の中とある距離を保っていられる、それがぼくを平静にしていたのかもしれない。何をしても夢中になれなかったが、夢中になれないから自分のしていることがよく見えた。くだらないなあと思いながら何かをしていると、誰に対してかは知らないが一種の優越感を感じるようになる。ぼくはそのころしばしば自分を傲慢だと思った。だが生きていたくない理由ははっきりしないとしても、何も理由がないと考えることは出来なかった。生きていたくないと感じながら生きていくことが当たり前だとも思わなかった。人間は生まれた以上、生きていたいと感じるほうが当たり前だという考えにぼくはとらわれていた。

読む本の数も減っていたが、それでも習慣みたいに本は読んでいた。鬱病《うつびょう》についての本や気分についての本も何冊か読んだ。やっぱり生きていたくない状態から抜け出したいと思っていたからだろう。本にはいろいろなことが書いてあって、どれも本当みたいにも思えたし、インチキみたいにも思えた。脳から分泌される微小物質が心の状態に大きな影響を与えるという説は説得力があったが、だからと言って薬をのみたいとは思わなかった。薬で自分を変えるのはなんだか自分が機械にでもなるみたいでいやだった。もし生きていたくないというのが病的なことなら、自分の力で治りたいと思ったし、そもそもそれを病的と考えていいのかどうかもあやしかった。ぼくはなんの変哲もない日常をだらだらと繰り返していた。朝になるとパンをトースターに入れ、コーヒーを沸かし、新聞に目を通し、それから仕事先に電話をかけるといったようなことが、ぼくを生かしてくれているようにも思えたし、それが耐え難い苦痛であるかのように感じることもあった。日常を繰り返さずにすめば、自分がよみがえるのではないかとも思ったが、だからと言って毎日の生活から脱出して、どこかへ旅に出てみようかなどと考えても、旅先でも結局は日常を繰り返すのだと思うと、実行する気にはなれなかった。

音楽はよく聴いた。モーツァルト、ヘンデル、バッハ、ヘッドフォンで聴きながら眠ってしまうこともあった。眠りに入る時は一瞬だが幸せな気分になれた。だが汗びっしょりになって目が覚める時の気分は最低だった。好きな音楽を聴いて心を動かされても、それが長続きしない。そんな断片みたいな時間を生きても戻ってくる場所は同じここだ、そんなふうに思うことから逃れられなかった。時間がちっとも先へ進まないような感じだった、かと言って過去が懐かしいというふうにも思わなかった。昔のことを思い出しても、それは絵のように孤立してそこにあるだけだった。その夏、ぼくは苦しんでいたのだろうと思うが、苦しんでいるという意識はなかったと思う。なんだか変に静かな気持ちだった。自殺というような劇的な行動には心が向かなかった。そんなに積極的に生きることを否定する元気がなかったのだろう。そんな自分がいやだと思うことすらなかったのだから。

そんな状態のある日ぼくは死んだのだ。あっけない事故だった。まったく滑稽な話だが、空から人が降ってきたのだ。あとで分かったのだがそれは三十二歳になるタイ人の女だった。彼女にはぼくと違って自殺する元気があったらしい。建築中のビルの足場を七階ぶんも上るというのは相当なエネルギーだと思うが、その時は無我夢中だったそうだ。その下をたまたまぼくが通りかかったという訳だ。その女がぼくにぶつかって、ぼくの首を折った時のことはまったく憶えていない。一瞬目の前に閃光が走ってすぐ真っ暗になった。何かを感じたり思ったりするひまもなかった。そうして気がついた時はもうぼくは生きてはいなかった。生きていないということがどうして分かったかというと、気がついた場所がもうここではなかったからだ。トーストもコーヒーも新聞もなかった。形あるものは何もなく、あるのは光のような色のような何かだけだった。でも自分が誰かということは覚えていた、と言うより死んでもぼくはぼくに過ぎなかった。

そのことにぼくは少々がっかりした。だがすぐに気がついたことがある。それはもう生きていたくないとは思っていないということだった。ぼくはもう死んでいたのだから、考えてみれば当たり前の話なのだが、それがぼくをいい気分にしたのはたしかだ。ぼくは何をしていいのか、何をしたいのかさっぱり分からなか

ったが、そばに女がひとり呆然と立っているのが分かったので、とりあえず「やあ」と言った。言ったといってもからだはもうどこかへ行ってしまっていたから声は出ない。だが何かを思うことは出来てそれが相手にもちゃんと通じるらしかった。女がいきなり「すみません、すみません」という気持ちをぼくに向かって発したのがよく分かったからだ。どうしてあやまるのか初めは分からなかったが、すぐに彼女のせいでぼくは死んだのだということを思い出した。ぼくはなんと答えればいいのか分からなかった。なにしろ死にたいとは思っていなかったにしても、ぼくはずっと生きていたくないと思っていたのだから。

彼女はすごい勢いで言い訳を始めた。多分タイ語だったのだろうと思うが、それはなんの障害にもならなかった。死ぬって便利なものだなあと思った。生きてる時にはぼくは翻訳の仕事をしていて、人間が三千もの異なった言語をもってるってことにうんざりしていたからだ。彼女の身の上話にはあんまり興味がもてなかった。だが彼女がぼくなんかとは比べるべくもない沢山《たくさん》のつらい経験をしていたことは分かった。ぼくはなんだかうしろめたかった。彼女はぼくと違って熱烈に生きたいと望んでいて、その生きたいという望みがどうしてもかなえられないと思った時、建築中のビルの七階の足場から飛び降りたのだ。いわば彼女は生きようとして死んだのだ。彼女は「私は死にたくなんかなかった、私は生きたかった」と繰り返した。ぼくを巻き込んで死なせてしまったことは、その気持ちに比べれば些細《ささい》なことらしかったが、それも無理はないだろう。自分がひとりではなく、ぼくがいてくれて嬉しいと彼女は思っているらしかったが、そんな自分勝手さにもぼくは腹は立たなかった。

彼女は死んでしまったことを早くも後悔していたが、ぼくにはそういう気持ちはなかった。むしろほっとしていたと言えるかもしれない。彼女はあとに残してきた母親のことを思って悲しんでいたが、ぼくは死んでからも悲しみというような気持ちが消え失せないということにむしろ驚いていた。つきあっていた男のことを考えても、(ぼくはゲイだった) ぼくはあまりかわいそうとは思わなかった。生きていたくないというぼくの生前の気持ちを彼がどこまで理解していたかはよく分からないが、ぼくが突然の事故で死んだという事実は多分彼にとっては慰めになるのではないかとぼくは考えた。彼もぼくも運命という言葉を会話の中でよく使っていたから、ぼくが死んだことも運命として受け入れてもらえるだろうと思った。ぼくも一緒に死んだタイ人の女に負けず劣らず自分勝手かもしれないが、死んだあとの人間関係はそういうものでしかあり得ないのではないだろうか。死んだ者がいくら人に思いやりをもとうとしても、それはもう通じさせようがないのだから。

タイ人の女は七年前に五歳で死んだ息子のことが気にかかっているらしかった。生きている間は死んだら会えると思っていたのだそうだ。だが死んでみるとどうやって探せばいいのか分からない。なにしろまわりには形というものがなく、何色ともつかない光が満ちているだけなのだから、目も耳も鼻も手も（そんなものがあったとしてもの話だが）全然頼りにならない。死んだぼくらにあるのは気持ちだけだと考えたほうがよさそうだ。だがその気持ちも生きていた時とは違っている。切実さが足りないと言えばいいのか、なにか平坦になっているのだ。でもそれがいやという訳ではない、むしろ平和でいい気持ちだ。生きているうちは死が先に待っていたから、どことなく気忙《きぜわ》しい感じがあったが、死ぬともう先がないから気持ちがとてもゆったりしてくる。つまり過去と未来がいつの間にかなくなって、あるのは今だけなのだ。それじゃあ退屈だろうと生きてる人は思うかもしれないが、それがそうでもない。時間がほんとに今だけになると、何ひとつ期待する必要がなくなる。そこには希望もないかわりに失望もない。熱狂もないかわりに退屈もない。

タイ人の女もしばらくは生きてる時の発想から逃れられなかったようだが、やがて死んでいるという状態に慣れてきて、息子のこともあまり気にしないようになった。息子と自分の区別がつかなくなってきたらしい。それはぼくも同じでなんだか自分というものが、まわりの光に溶け込んでいくような気分になっていった。ついさっきまでトーストをかじったり、コーヒーを飲んだりしていたのが嘘のように思えた。生きていたくないと思っていたことも、なんだかほほえましい。なんであんなことを思っていたのだろうか。何が不足だったのだろうかと考えるが、そんなこともどうでもよくなる。だがそれと同時に死んだ身で、生きてる人間のところへもう一度戻ってみたら、どんな感じかしらという好奇心も湧いてくる。彼女も似たような気持ちになったらしい。母親を見てくるつもりか、いつの間にか気配がなくなっていた。ああ、あれが生きてる者の目には幽霊とうつるんだなあとぼくはぼんやり思っていた。

そんないきさつでぼくはいまここにいるのだが、さっき言ったように死んだ後のここは、生きていた時のこととはまったく違う場所だ。生きていた時にあった関係というもの、それは人との関係であり、物との関係であり、時代や世界との関係でもあった訳だが、その関係が一切ここではなくなってしまったのだ。かと言ってぼくが、そして他の死者がひとりぼっちという訳ではない。仏教のほうに相即相入《そうそくそうにゅう》とかいう言葉があって、いつだったかそれを英語にどう訳すかで苦労したことがあったが、つまりそんなふうになにもかもが自分と一体になっている、そんな感じなのだ。でもこういうことは生きている人に説明しても退屈だろう。ここに来てから気がついたことがある。例の生きていたくないというぼくの気持ちのことだ。あれは結局ただの言葉だけだったのではないかと思うのだ。

機械と同じように人のからだも年を経れば疲労する、からだが疲れれば心も疲れる。それをただ疲れたと言っていればいいものを、何故だか分からないが生きていたくないなんて言葉にしてしまう。そうすると気持ちのほうがその言葉にしばられていくのだ。だからぼくはもしかすると実際の気持ちよりも、言葉になった気持ちに悩まされていたのかもしれない。自分を機械みたいなものだと思いたくないから、単なる疲れを生きていたくないなどと気取って呼んでしまったのかもしれない。だがあの夏、ぼくが十分な休養をとれば疲れは直っただろうか。そうも思えない。ぼくは言ってみればすべての関係そのものに疲れていたので、それは休めば直るというようなもんじゃない。人を疲れさせる関係というものは、ひとりでいればなくせるというもんじゃない。生きている間はどうあがいても人は関係からは逃れられないのだから、それは癒しようのないものだろう。

生きている時のことを思い出すことはあまりないが、それでも時々ふっとあの夏の海の色が思い浮かぶことがある。ぼくが好きだった男と行った海、遠くからそれを見るのは気持ちがよかった。かすかな潮風の匂いも気持ちがよかった。ぼくはその時は生きていたくないとは思っていなかった。ただその瞬間ここにいるということだけで満足していた。今はずっとその時と同じ気持ちでいられる。生きていたくなかったのなら、死んでもいたくないだろうと言われそうだが、ここにはそもそもそういう選択が初めからあり得ないのだから、考えもしない。生き返る危険はここにはないし、死んだ者がもう一度死ぬということもなさそうだから、ぼくは安心してここにいる……

誰か来たみたいだったけど、わたしはあんまり暑いので、見にも行かないで、ショートパンツをクーラーの前でパタパタさせて空気を入れていた。

こんな暑い日は外へ出ても誰もおもてにいなくてばかにしーんとしている。しーんとしているのがなお暑い感じがする。自転車なんかが通っても、音がしているのにしーんと通っていく。家の中にもお客がいるのにしーんとしている。時々母さんが、台所で何かしている音とかコップの音とかがするけど、そのあとまたしーんとしている。話し声があんまりしない。女じゃないな、女の人って、何か騒々しい。空気の動き方がワーンワーンとするけど、あんまり、ワーンワーンという気配がない。わたしは時々耳をすまし時々パタパタさせていた。

あ、帰るんだ。玄関で母さんがお客さんを送っている。

「あなたも元気で」母さんが言っている。

「そう言われても、困っちゃうな」若い男の声がした。

麦茶のみに行こう。

「連絡するわ」

「はあ。じゃ、すいません」

「すいませんって言われてもね」

「すいません」

玄関がしまる音がした。

「ねえーだーれ」

わたしがリビングに入っていくと、母さんは、流しで水を出していた。

テーブルの上に白い箱がのっていた。

「何これ」

「うん、お骨《こつ》よ」

「誰の」と言って、わかった。

「母さん」

わたしは気味悪くなって、流しのそばにいった。母さんは、ただ、水道の水に手のひらあてて、ぼうーっとしていた。

「ねえ、あれどうするの」

母さんはふり返って、タオルで手をふいた。わたしが水道のせんをしめた。母さんはテーブルの椅子にドシンとすわった。わたしは、どこにすわっていいかわかんなかった。いつもは向かい合ってすわっているけど、今向かい合ってすわったら、お骨の箱真ん中にして変だと思う。

わたしは母さんの隣にすわった。

「だれが持ってきたの？」

「うーん」と母さんは言った。

「ねえ、いつまで、ここに置いとくの？　ずっと、ずっと？」

「うーん」

「ねぇ、もしかして、うちでお葬式するの」

「うーん」

「ね、これ持ってきたのだれよ」

「うーん。ね、あんた、ゲイって知ってる？」

「えっ」

わたしはお骨箱を見て、それから母さんを見た。母さんも骨箱をじっと見ている。

ゲイは思いつかなかったなあ。

「知ってるけど、よく知らない」

「そういうわけなのさ」

「ね、今来た人」

「そういうわけだってさ」

「何で、うちに骨持ってきたの」

「籍が抜けてなかったのよ。当たり前だよね、ゲイは結婚できないもん、籍抜かなくてもいいもんね。それにしても律儀《りちぎ》な人だわね。うーん」

「ハンサムだった？」

「すごい」

「見せてくれればよかったのに」

もしかしたらすごいブスだったのかも。わたしは父さんと言われる人が、ハンサムかどうかきこうと思ったけど、母さんの答えは、父さんのことかもしれない。

「とてもいい人だったわね」

これもどっちかわからない。

「かわいそうみたいだった」

どっちだろう。

「何か、透けて、向こうが見えちゃうみたい。

もの食べたり、うんこするのが似合わないみたいな。そういう人だった」

「病気だったの母さん知ってたの」

「きかなかった。言わなかったし」

「ね、これどうするの」

「あけてみようか」

「えーっ」

「あら、骨なんて、きれいなものよ。それに松田さん、あ、さっきの人だけど、
骨分けてほしいんだって」

「全部あげちゃえば」

「うーん」

母さんは骨箱を見て考えている。

「ね、うちに仏壇あるのって、もしかしてよくない？」

母さんが仏壇ほしいんだきっと。

「えー、何だか、お祭のおみこしみたいだよね」

「ね、朝毎日お位牌《いはい》をおがむっていうのもナウくない？」

母さんそうしたいのかしら。

「半紙《はんし》持っておいで。それから新しいわりばし」

母さんは骨箱の上の白いリボンをほどき始めた。

わたしはテーブルの上に半紙を広げた。わりばしは「あやめずし」のしかなかった。

白い布の中に白木の箱があってそれのふたをとると白い丸いつぼが入っていた。母さんはつぼのふたをとった。半円形の骨が一番上にあってまわりがもろもろしていた。

母さんがそれを持ち上げると、白いかけらが落ちた。母さんはそれをコリコリかんだ。

「あんたもやってみる?」

えー、でも度胸がないみたいに思われるのやだから、「小さいの」と言うと母さんは、半円形の骨のはじを折った。小指のつめくらいだった。前歯でかんだ。けっこう固い、味はぜんぜんしない。舌がざらざらした。

「これ頭だね、骨つぼは下から順々に入れるみたいね」

母さんはそれを半紙の上に置いた。

ざらざらしたもの、はいていいのかどうかわかんなかったので、のんでしまった。

「分けるって、どことどこを分けたらいいのかしら。うーん」

母さんは骨をじっと見てる。

「すりばち持ってきて、すりこぎも」

二人で、骨を全部つぶして、粉にした。

二人で時々、人さしゆびに粉をつけてなめたりした。

けっこう時間がかかった。

このすりばちと、すりこぎ、また使うのかなあ。

「あんた、わたしが死んだら、骨、海になんかまかないでよ、ちゃんとお墓に入れてちょうだい」

「これ海にまくの」

「松田さんたのまれたんだって、半分海にまかれたら、ずいぶん落ち着きが悪いと思うけどなあ。そういう人だった」

そういう人って。

「残りは、ばっちりお墓に入れてやる」

「ねえ、それってわざと」

母さんはわたしを見た。

「そう、わざと」

III トンチャンノオハカ／トンちゃんのお墓

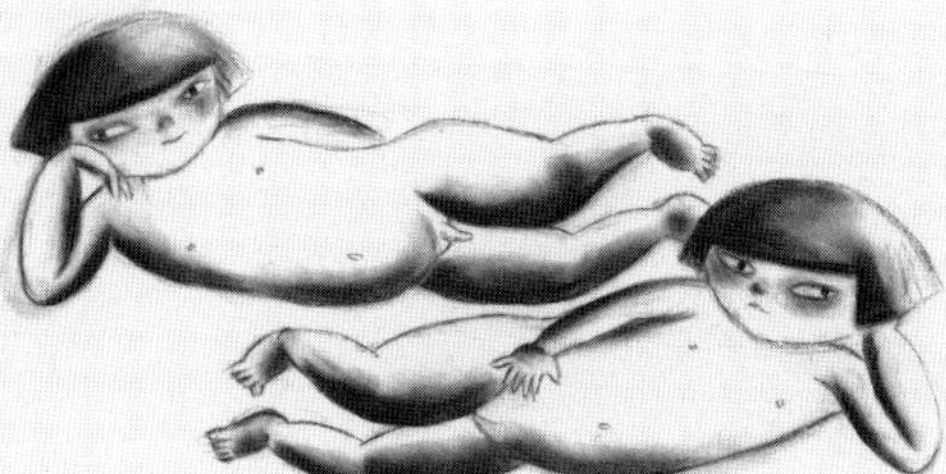

トンチャンノオハカ

電話が鳴った。馬鹿になめらかな若い男の声がした。マニュアル通りのせりふを言っている。なまっ白《ちろ》い背の低い、体格の悪い男が目にうかんだ。その男は紺の背広を着ている。何とかメモリアルパーク、それが墓地のことだとすぐには思わなかった。墓のセールス？　この若い私に？

誰かが死ぬ？　三十一歳の夫と三歳の娘と二十七歳の私のうちの誰かが？

「うち、お墓が、田舎にあるんです」とんがった声を私は出した。切ろうとした。

「あの失礼ですが、ご主人様はたしかご二男でらっしゃいますよね」私はつまった。それがどうした。うちはまだ、誰かが死ぬ予定はたててないのだ。それよりタカオが二男だとどうして知っているのだ。

それもヌルヌルした声で。はげしく電話をおいた。

不愉快な泡のようなものが胸につき上げてきた。

娘の敏子は絵本をさかさまにして見ている。「イケマセン、バナナハ　ゾウサンノタベモノデス」

敏子は異常な集中力を持っている。

何かにとりかかると、気分をほかのものにうつすのが大事《おおごと》だった。たとえば、もうおしっこをしたくて、しりを前後に動かしている。

「トンちゃん、おしっこ、おしっこ行こう」

「オシッコイカナイ」

敏子は、二時間も、床をしりでふいている。

「ね、トンちゃん、トイレ行ってみようか、おしりふく紙ね、今日は、キリンさんがいるんだよ」

「キリンサンイナイ」

「ちょっと見ようよ」

「キリンサン、ミナイ」

無理にかつぎ上げると、今度は一時間くらい火のついたように泣いてあばれる。

私は、テーブルの椅子にすわって、むかむかしたまま、しりを前後に動かして床をこすっている敏子を見ていた。

夫が二男などということをどんなデータからひき出すのか。月収から、もしかしたらパンツの柄までまる見えになっていて、私たちは、ガラスの箱に入って暮しているのと同じなのだろうか。

吐き気がした。

麻由美に電話した。誰でもよかった。

「ねえ、お宅、お墓のセールス来たことある」

「なに、それ」

「今日、何とかメモリアルパークとかってところから電話があったの、電話セールスよ」

「へえ、マンションとか、別荘とかのセールスはあるけど、お墓はないわ、へえ」

「それがねえ、タカオが二男っていうのも知っているのよ、それって気味悪くない」

「気味悪いけど、うちのだんなの会社の人、マンションのセールスが、間取りまで知っていて、五人じゃおせまくございませんかって言われたってよ」

「やだなあ」

「でもねえ、そういうセールスって、バスにのせて、お弁当くれて、どっかの別荘地に一日がかりで連れてってくれるって、どこかのおばあさん、それ専門で遊んでいるって」

「やだなあ」

あー、電話なんかしなけりゃよかった。

私はのろのろと立ち上がって、まだしりを前後にゆすっている強情な娘をそのままにして、寝室を片づけに行った。

ベッドの上にぬぎすてられたブレザーのポケットに手をつっこんだ。まるまっ

たハンカチを出した。ズボンのポケットにも手をつっこむ、まるまったティッシュ。それと一緒に映画の半券が出てきた。それも二枚つづりで。

今週の土曜日、仙台に出張に行った日に。

日曜の夜中に帰ってきたのだ。


郵便受けの中に大型の灰色の封筒が夕刊と一緒に入っていた。

青い空をバックに、若夫婦と子供、その父親と母親らしい一家が、ニカニカ笑っている写真のパンフレットが入っていた。

サンヒルズ・メモリアルパーク。

どこにも墓の写真はなかった。

永遠の安らぎを、と青空に白抜きの字があった。

私はそのまま封筒ごとくずかごに捨てた。

よくやるわ、パンフレットくばったあと電話するんだ。

タカオは機嫌がいい。

「おっ、奥さん、今日はお肌がすき通っていますねェー。俺も、お肌がすき通るほど、ゆっくりしたいよ。会社、俺を殺す気だぜ、今週も休みなしよ。今度は熊本、嫌だなあ、ったく。

ねえ、俺、死ぬよな」

ほう、毎週会わずにはいられないわけだ。

「早く寝よ、一分でも早く寝よ」

風呂から出てきてテレビのスポーツニュースも見ずに寝室に入っていった。ほう、そうやって狸寝《たぬきね》いりして、私を抱かないわけだ。

敏子を寝かしつけながら、この前、私を抱いたのはいつだったかと思い出そうとしたが、思い出せなかった。

ほう、私も呑気なもんだった。

「タヌキは、どろの舟の中で、タスケテクレェ、タスケテクレェーと叫びました。舟はぶくぶくと沈んでゆきました」

「タヌキハオボレタノ?」

「そう、おぼれました」

「タヌキ、オボレナイ、オボレナイ、オボレナイノッ」

敏子は私の髪の毛をつかんでひっぱると、泣き出した。

「あー、タヌキはおぼれませんでした」

「ウサギサントナカヨシナノ」

「そうでした。ウサギさんと、仲良くえんそくにいったんだった」

そうはいくかよ、タヌキはおぼれたんだよ。


私は捨てた灰色の封筒をくず箱からひろった。電話の横に立てかけた。


土曜日の朝、タカオは玄関で「オットット」と言って、出張用の鞄をリビングルームまでとりに戻った。

「脳がすり切れたわ、俺、早く呆《ぼ》けるかもな」

ほう、用もないのに鞄を持って行くなんてご苦労なことで。
ほう、そんなにも気がそぞろなんだ。
すり切れるのは脳じゃないだろ。
ほう、ほう、ほう。

サンヒルズ・メモリアルパークに電話した。
セールスマンと現地まで行く約束をした。
定期預金を確認した。

敏子は車の中で、すぐ眠った。眠るときは集中力を出してしっかり眠る子なのだ。
私はセールスマンに、どこからデータを仕入れるかなどきかなかった。どんどんデータ集めれば。もしかして、今日タカシがどこのホテルにいるってことも知ってるかもしれない。

セールスマンはヌルヌルした声をしていた。やっぱりなまっ白くて、小柄だったが、ぷっくりふくれて、汗をやたらにかく男だった。くちびるがふくらんで、あかい。

今の売出しがチャンスで次の区割は、もっと値段が高くなる。

場所も海側で、日あたりがいい。

「死んでからも、日があたった方がいいのかしら」

「気持ちがいいです」

「誰が」

「僕が、気持ちいいです。いいお墓を売る時とても気持ちがいいです」

「お墓を売る仕事なんて嫌じゃない」

「えっ、どうしてですか。買った方、買う前とあとでは顔つきが違いますよ、とても安心なさいます」

「若くても？」

「若い方はあまりお買いになりません」

「うち若い方じゃない」

「実は名簿にミスがあったのです。同姓同名の方がいたのです。すいません。まさか、間違った方が、ご興味持ってくれるとは思いませんでした」

そのタカシも二男なのか、電話番号も一緒に間違ったのか。いったいどういうミスなのだ。

「しかし、お生まれにならない方も時たまございますが、お亡くなりにならない方はいませんから、安心です」

「あなた仕事熱心なのね」

「子供の時から、お墓が好きだったのです」

「何か、不気味な子供ね、あなたすごく不幸だったりしたわけ?」

「どうしてですか、普通でしたよ」

男は運転しながら眠っている敏子を何度もふり返って見た。

「かわいいなあ」その度にヌルヌルした声で言う。

「僕ね、小さい子を見ると、いいお墓に入れてあげたいなあと思うんです」

墓にするにはもったいないような眺望だった。なだらかな丘は、手入れされたゴルフ場のように緑が目にしみた。そして、前は海だった。

数字が書いてある白い小さな木の板が兵隊のように並んでいる。所々に、真新しい墓が、ポツンポツンと建っている。立っている墓も、アメリカの墓のように平べったい石を埋めてあるのもある。十字架の墓もある。

なるほど、家を建てたいような場所はそれなりの高い値段だった。

「一番安いところはどこ」

「このがけの下の、急な斜面のところです。風があたるんですよ、僕だったらやめるな」

「買うのは私よ」

「でもなあ」

敏子は、ケロケロ笑いながら、平べったい墓石の上でトントンとび上がっている。

「だめよ、その下には、ねんねしている人がいるの」

「ネンネシテルヒト、イナイ」

「ここはお墓なの、よその人のお家と同じよ、入っちゃいけないの」

「トンちゃん」男はなれなれしく娘に声をかける。

「トンちゃんのお墓はね、もっともっといいお墓なんだ」

「ちょっと、変なこと言わないでよ、縁起が悪いわ」

男は敏子を抱き上げていた。

敏子は平気で男の首に腕を回している。

「トンチャンノオハカ、トンチャンノオハカ」

「敏子、あなたのお墓はないの、ママのお墓もないの、お墓は悪い人だけが入るの。その子、抱かないでよ」


男は、料理屋の弁当を用意していた。

芝生の中に新しい東屋《あずまや》があり、水飲み場がある。敏子に手を洗わせて東屋で昼食をとった。

玉子焼きをつかんで、敏子は芝生をかけ回っている。

食欲がなかった。男は弁当を使いながら、目だけ、敏子を追い回している。

私はぼうっと海を見ていた。

「奥さん、悪い人が入るなんて言わない方がいいです。誰でも必要なものなんですから。あ、コーヒー飲みますか」

男は車のトランクから出してきたクーラーボックスから、缶コーヒーを出した。ビールもジュースも入っている。

「ビールもらうわ。こんなに暑いんだもの。あなた、いつも、今日みたいにお客に言うの？」

「何をですか」

「お墓が好きだとか。売り方会社で教えるでしょうに、言っとくけど、あなた、向いてないと思うわ」

「どうしてですか？」

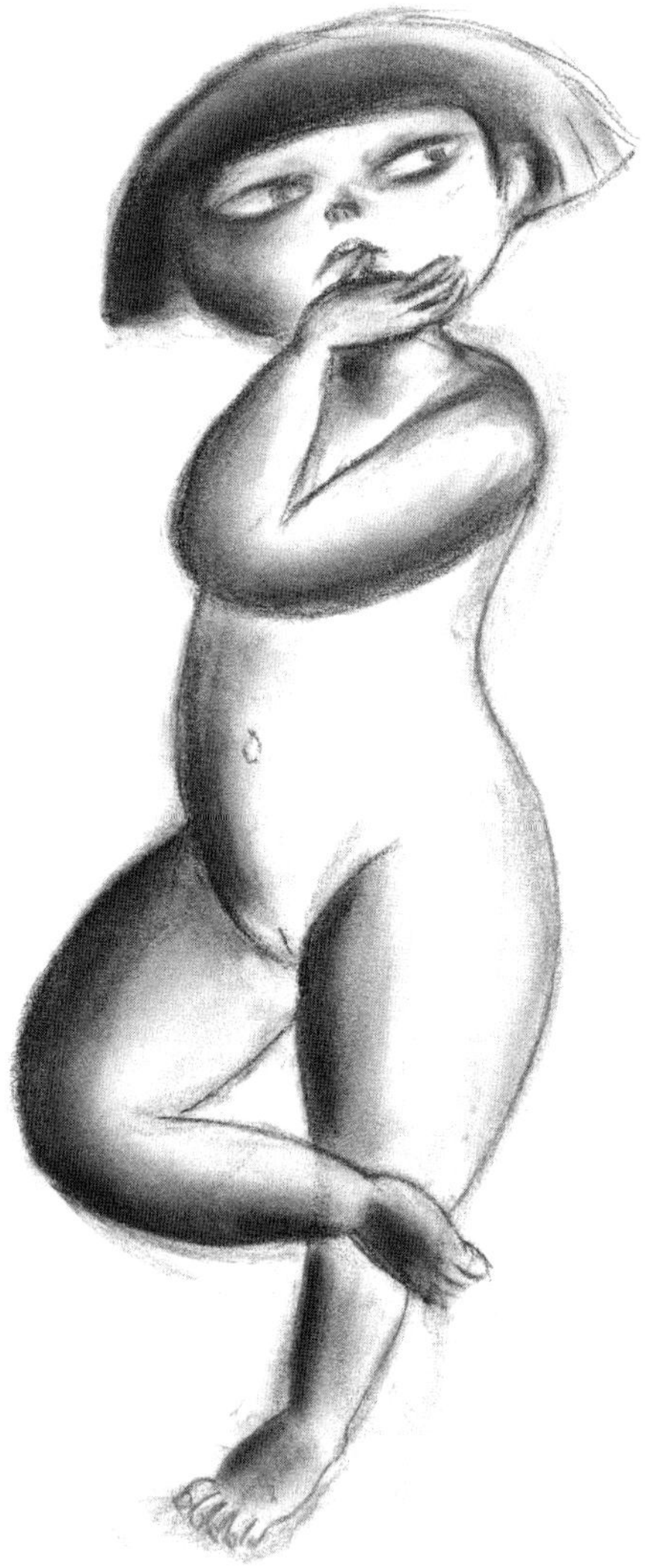

「この仕事長いの？」

「三年目です。僕、わりと成績いいんですよ。売ったお墓全部おぼえてます。買った方が、お入りになるとほんとうに嬉しいもんですよ。僕好きだな、お墓の前でしみじみ話をするのって。その人の人生さかのぼって考えられます。だって生きてるって大変ですよね。自分もいつか死ねると思うから生きていけると思いませんか？　ここに入ると、みんなもう静かにしていてもいいんだもの。いいな。だから、やっぱり日あたりがよくて、景色がいい方がいいんですよ。だって死んでからの方が長いんですよ。それに、どんな人だって死んだ人をそんなに長く憎めませんよ。お墓へ来る人は、全ての死者を愛しています。生きている人間同士はそうはいきませんよ。僕、この仕事ほんとうに好きだな。トンちゃんほんとうに可愛いですね」

日曜日の十時頃、タカオは上機嫌で帰ってきた。

「ヒコーキの中が暑くってさ、もう汗みどろ、風呂だ、風呂だ」

入って来るなりネクタイを抜きかかった。

ほう、そばを通りかかった時、風呂上がりの石けんの匂いをさせているのに?

それも、イッセイミヤケの石けんの匂いをさせているのに?

ほう、一日に二度も風呂入るの、ご苦労さんじゃない。

二千円もする石けん使う女ってどんな女なんだ。ホテルじゃなかったわけだ。

ほう。


「オハカハワルイヒトダケハイルノ」敏子は積み木を床に並べて、メモリアルパークごっこをしている。

タカオは新聞を広げたまま、トーストにかぶりついている。

「オハカハ」また敏子は大声を出している。

「何だ、こいつ、何言ってるの」

「子供って、色んな新しいこと覚えるのね」私はトーストにたっぷりバターをぬる。

タカオのうしろの書類棚を見る。

百五十万円の墓の領収書、と権利書。そして、遺書、タカオとは絶対に同じ墓に入らない、私だけのお墓。

日のあたる海が見える場所。

ほんとうだわ、これから先五十年生きたとしても、もっと永いこといる場所だもんね。

トンちゃんのお墓

みっしり葉を茂らせた桜の並木道の両側にずらりと車が並んでいる。止まっているくせにどの車も尻から黙々と淡い煙を吐き出している。タクシーが多いが、横腹に社名を描いたバンや宅配便のトラックもいる。太陽は頭の真上でギラギラしてるから、木陰に涼《りょう》を求めてもあまりはかばかしい効果はあげられない。男は白いカローラをバックさせて器用に二台のタクシーのせまい合間に割りこんだ。もちろんエンジンは切らないが、いったん外に出てトランクを開けた。車内に戻ったときには手にウーロン茶のカンをもっている。カンは汗をかいている。クーラーの中にいたカンが暑がってるはずはないから、これは露と言うべきか。一気呑みしてから、男は後席に置いたアタッシェから小型のワープロを取り出し、膝の上で開いた。スイッチを入れると、車の排気ガスとよく似た色の液晶の画面が浮かび上がった。ためらいもせずに、男はキーを打ち始める。

トンちゃんへ。ああ眠い眠い、おじいちゃんは眠くて眠くてたまりません。眠気ざましに夢を見ることにしました。でもこれは眠って見る夢ではなくて、眼を覚ましていて見る夢ですから、どんな夢を見るか、自分で考えなければなりません。でもおじいちゃんは眠くて眠くて考えるのが面倒くさい。トンちゃんが代わりに考えてくれませんか？　おじいちゃんより。

おじいちゃんへ。わたしはおじいちゃんがきらいです。　としこより。

トンちゃんへ。おじいちゃんは貴女《あなた》の手をひいて大きな大きなショッピング・モールに入りました。冷房がきいていて寒いくらいです。貴女は子どもだから寒くないだろうが、おじいちゃんはもう八十三歳だから、皮膚がオブラートみたいに薄くなっている。これでは風邪をひいてしまう、風邪をひくと老人はすぐ肺炎になる、肺炎になると老人はすぐ死ぬ。死ぬのは怖くありませんが、死んでしまってはもう夢を見ることが出来ません。だからおじいちゃんは、まずGAPの店に入ってアイルランドふうの白いセーターと、厚めのウールのスラックス（色はきりんのウンコ色）と、毛糸で編んだソックスと、カシミヤの真っ赤なマフラーを買って、店の中で着替えました。するとトンちゃんが「わたし、おじいちゃんがきらい」と言いました。

そこで今度は貴女に何か買ってあげてご機嫌をとらなければと思います。貴女は何がほしいですか？　折り返しご返事お待ちします。　おじいちゃんより。

おじいちゃんへ。　わたしはやっぱりおじいちゃんがきらいです。　としこより。

トンちゃんへ。　おじいちゃんは貴女が好きなものを知っている。知っているけれども、その名前は知らない。ほら、あの黄色くて細くてぐにゃぐにゃしているものでしょう？　あれは食べるものかしら、それとも遊ぶものだろうか。とにかくそれを探して、大きな大きなショッピング・モールの中をぐるぐるぐるぐる歩くのだけれど、見つかりません。そしたら急にひとりの背の高い男の人が目の前に立っている。ミスタ・クンツでした。ミスタ・クンツは言った。

「お前が連れているこのかわいい女の子はいったい誰だ？」

「これは私の孫娘だよ」

「ふん、お前に孫娘なんかいるものか。だいたいお前には娘さえいないんだから。お前はこの子をどこかから誘拐して来たに違いない。おれにはそんなことどうでもいいがね。お前だって知ってるだろ、おれはここんとこカジキマグロを追ってるんだ」

ミスタ・クンツはおじいちゃんの腕を摑《つか》みました。力が強いから痛い。

「この子はお前の孫娘じゃない、おれの孫娘だ。どうだ耳と鼻の形がそっくりじゃないか。どうかな、お嬢ちゃん、おれとアイスクリーム食べに行かないか。ここには三六〇種類のアイスクリームを売ってる店があるよ」

そしたらトンちゃん、貴女がミスタ・クンツにむかって小さいけれどはっきりした声でこう言ったのだ。

「わたしはあなたがきらい」

ミスタ・クンツは笑った。とても楽しそうに笑いました。

「久しぶりだなあ。面とむかってきらいって言われたのは。みんな陰じゃおれをきらっているけど、会うと好きみたいなふりをしやがる。そういうの見るとおれははらわたが煮えくりかえるんだ。きらいってはっきり言ってくれたお礼に何か買ってやりたいが、何がいいかね、お嬢ちゃん」

驚いたことに貴女は「ミントのアイスクリーム」と答えた。そこで貴女はミント、おじいちゃんはチョコチップ、ミスタ・クンツはパイナップル・シャーベットを注文して食べました。ミントのアイスクリームはおいしかったですか？

おじいちゃんより。

おじいちゃんへ。まずかった。　としこより。

トンちゃんへ。ミスタ・クンツは悪い人ではありません。おじいちゃんとミスタ・クンツは、若いころいっしょに面白いことをいっぱいしました。ある晩、ふたりでペット・ショップに行って、そこにいた店員を三人縛り上げ、店で売っていた動物をみんな檻から出して、放してやったことがあります。オウムは飛べないでよたよた歩いてどこかへ行ってしまいました。ポメラニアンは放しても店の中を走り回って吠えるだけでした。ゴールデン・リトリーヴァーの子犬は、きょとんとしてミスタ・クンツの靴におしっこをひっかけました。シャム猫はあくびをしたあとで、金魚を食べてしまいました。亀はレジの引き出しの中に置いて来ました。大きなトカゲはすぐに下水道の中に消えました。十姉妹《じゅうしまつ》は表通りの電線にとまっていました。とても面白かった。おじいちゃんもミスタ・クンツも悪い人ではない。

昔話はこのくらいにして、ショッピング・モールでの買い物に戻りましょう。

トンちゃんがポケットがスカスカすると言い出したので、何かポケットに入れるものを買わなければならない。甘いものはからだに良くないから、おもちゃを買おうと思ったのですが、トンちゃんはおもちゃがきらいだったね。そこで文房具の店に行って、鉛筆と小さなノートブックを買った。トンちゃん、これに日記をつけておくれ。そうしていつかおじいちゃんに読ませておくれ。トンちゃんの心の中を知りたいおじいちゃんより。

おじいちゃんへ。あなたの書いていることが私にはさっぱり分かりません。あなたには人生というものがないのですか。私には生まれてからずっと私の人生がありました。今はもう十五歳ですから人生があるだけじゃなくて、人生を考えなくちゃいけないのです。おじいちゃん、私をいつまでも子ども扱いしないで下さい。今日私はまたお母さんとまずくなりました。私がマックに向かってプログラムを組んでいると、すぐお母さんは機嫌が悪くなるのです。私が数学が得意なのが気に入らないのです。私は机の上がきちんと整理されていないと落ち着きません。でもお母さんはきちんと整理されているのを見ると、気分が悪くなるのだそうです。それで私が学校へ行っている間にわざと私の机に座って、私の鉛筆とレターペーパーを使って手紙を書くのです。誰に書いてるのかは知りません。もしかしておじいちゃんに書いているのですか。それならそれでいいけど。おじいちゃんは返事を書くんですか。　敏子より。

男は手を止めて空を仰いだ、空が見える訳ではない。車の汚れた天井が見えるだけである。男は気にしない。ダッシュボードの時計にちらと目を走らせると、アタッシェから今度は携帯電話を取り出した。

「もしもーし、わたしー。毎度すんません、例によって車混んじゃってー。いまー？　まだ中央高速。二時間はかかるかな。でも取れましたよ、契約。ミスから出たマコト、ふふふ」パトカーがゆっくり通り過ぎた。並んでる車はみんな駐車違反だが、警官だってこんなクソ暑い午後に冷房のきいた車から出たくはあるまい。パトカーも駐車出来るところを探しているのだろう。電話を切ると男はまたワープロに戻った。

トンちゃんへ。おじいちゃんはいつまでも貴女を小さな子どもにしておきたいのかもしれない。でもそれでは貴女に失礼ですね。とはいえ、夢の中ではなんでも許される。貴女とおじいちゃんはまだショッピング・モールから出るわけにはいかない。なにしろとてもとても大きいモールだから。それに買い物もまだすんでいないのだから。驚いてはいけない、ここはハワイです。ハワイの中でも一番大きい島、ハワイ島です。おじいちゃんは高校生のころ初めてここに来ました。母親、つまり貴女のひいおばあちゃんだね、彼女が飛行機の切符をくれたのです。母は私を厄介払《やっかいばら》いしたかったらしい。父が、つまり貴女のひいおじいちゃんが死んだあと、母には男がいた。男は何をしているのか分からないような男だった。気がむくとうちへ来た。来るときはいつもお土産をもって来た。生きのいい鯛《たい》を一匹まるごととか、毛もむしってない鴨《かも》を一羽とか、牛のしっぽを一本とか、食べ物が多かった。それをうちのキッチンで手際よく料理した。もしかすると板前とか、シェフとかだったのかもしれない。料理はみんなとてもうまかった。母は男が料理している間、いつも女友達と長電話していた。電話で男の自慢をしていたらしいのです。

おじいちゃんはハワイ島に十日いて日本に帰ってしまった。ほんとうは一年留学するはずだったのにね。うちへ帰ったら母と男は向かい合ってウーノというカードゲームをしていました。そして私にいっしょにやらないかと言った。おじいちゃんはなんて答えていいか分からなかったね。だってそうだろう？　一年の予定を十日で帰って来てしまったんだから、怒るのが当たり前だ。少なくとも多少は驚くとか、やましそうな顔するとか、言い訳するとか、私の気持ちを聞いてくれるとかしてくれたってよさそうなものだ。ところがふたりとも平気なんだ。今でもそのときのことは謎です。その後、男のもってくるお土産が少しずつケチくさくなった。鯛は切り身になったし、鴨のかわりに鳥肉になった、スッポンは全然もって来なくなった。料理の味もまずくなったと思う。これは母が料理を手伝うようになったせいもあったかもしれない。

とにかくそういうわけで、ここはハワイ島のショッピング・モールなのです。貴女はもう十五歳、何かおじいちゃんに買ってほしいものはありませんか。

買い物好きのおじいちゃんより。

追伸。貴女のお母さんから、つまり私の娘ということになるが、その人から手紙をもらったことはない。いつも電話です。

おじいちゃんへ。彼が指輪を買いました。自分のじゃない、私のです。銀の安物です。でもサイズはぴったりでした。指輪をくれただけで彼は何も言いません。無口な人です。私が「ありがとう」と言うと、彼は「うん」と答えました。目を見たらなんだか少しウルウルしてるみたいだったので、私はびっくりしました。私は彼が気に入っています。あごの形が私の好みだし、聞きたい音楽も同じです。ときどき彼は私に合わせているんじゃないかと思うこともあります。でも私はどんなときでも、彼が「うん」と言ってくれると嬉しいのです。彼が返事をせずに黙っていると怖いのです。敏子より。

トンちゃんへ。ベンチに腰を下ろしておじいちゃんは少しうとうとしたようだ。貴女の姿が見えないがきっとさっき買いたいと言っていたCDを探しに行ったのだろう。ここにはなんでもある、でもすべてに値段札がついている。みんなお金さえあればなんでも手に入るという錯覚に惑わされて、この大きなモールの中をうろうろしてるのだ。でもおじいちゃんは知っているよ。お金では手に入らないものもあるということをね。と言うより、手に入らなくてもそこにあってくれさえすればいいものかな、そういうものがこの世にはいっぱいある。年をとればとるほど、そういうものがよく見えてくるんだ。　おじいちゃん。

おじいちゃんへ。あなたはまだ生きているのですか？　母は去年の夏死にました。肝臓です。私の夫は医師ですから母は安心して死ねたのではないかと思います。最後まで自分は治ると考えていたようです。子どもたちは祖母の死にショックを受けたらしく、しばらくは夜中に起き出して来て、ふたりでひそひそ話をしたりしていました。双子でも話は出来るんですね。一卵性双生児は心もいっしょかと思ってましたが、しょっちゅうけんかもしていますから、やはり心は別々らしい。母は離婚前にお墓を買っていたらしく、私たちは無駄な出費をせずにすみました。前が海でとてもいい所です。ハワイ島にもきっと似たようなお墓があるのでしょうね。

母に死なれて私も少し自分というものが分かってきたような気がしています。夢をたくさん見るようになりました。どれも説明がつかないような夢。雨がざあざあ降っているぬかるみを、ピンクのバレエシューズで歩いて行くのですが、靴がちっとも汚れないのです。それがすごく不気味に思えるのです。そのあと私はジープで山道を登って行きます。夫も子どもたちもいません、ひとりきりです。いきなり場面が変わって、私は卵を生んでいます。どこから出てくるのか分からないのに、あとからあとから卵を生むのです。そこは牢屋みたいな部屋で、その部屋が卵でいっぱいになります。私にはその卵がとてもおいしそうに思えるのです。早くうちへ帰ってオムレツを作りたいと思っているのです。

おじいちゃん、私は母に愛されていました。子どものころはきらわれていると思いこんでいたのですが、今はそうは思えません。おじいちゃんは誰を愛しているのですか？　敏子。

いつまでたっても変わらない大好きなトンちゃんへ。もちろん私が愛しているのは貴女ひとりだ。貴女は私には人生がないのかと言ったが、もちろん私にも人生はある。貴女を愛する人生が。　おじいちゃんより。

おじいちゃんへ。私にも孫が生まれました。男の子です。かわいい。おしっこをします。うんこもします。あくびもしゃっくりもします。こんなことは自分に子どもが生まれたときにみんな経験ずみなのに、まるで初めてのことのように新鮮です。娘は（双子の上の方です）もう仕事に戻っていますので、昼間は私が孫の面倒を見ます。

おじいちゃん、あなたは私のおむつを代えたことがあるのですか？　それともあなたは、ただ私に手紙を書くだけのおじいちゃんなのですか？　敏子。

トンちゃんへ。ほらあの家族を見てごらん。それぞれに買ったものを重そうにかかえこんで、だらだらと足をひきずって歩いている。欲しいものを買ったのだから幸せなはずなのに、あんまり楽しそうには見えない。野球帽をかぶってお相撲さんみたいに太ってるのがおじいさん、歩きながら空いてるほうの片手で電卓のキーを押してるのがお父さん、ムームーを着たお母さんはふたりの子どもをひっきりなしに叱ってるが、子どもたちはキーキー声でけんかのし続けだ。私はあの人たちを羨んでいるのだろうか、それとも憐れんでいるのだろうか。どっちとも言えない。だが、あれがいま私の見ているものだ。私の目の前で生きている人間たちだ。貴女にも見えるだろう。見えるはずだ。だから貴女も孫をカートにのせて、はぐれないように私について来ておくれ。今夜はしゃぶしゃぶを食べよう。日が暮れきらないうちにテラスにプロパンのコンロを出して、夕焼けを眺めながら三人で夕ごはんだ。

おじいちゃん。これが最後の手紙になるでしょう。幸せな一生だったと思います。隣の部屋には娘たちと孫たちがいてくれます。私は母のお墓に入ります。夫も自分の家の先祖代々のお墓に入らず、自分から私の母のお墓に入ってくれたのです、私といっしょにいられるように。私が来るのを夫はいつまでも待っていると言ってくれました。ですが私は夫を半年待たせただけです。さようなら、おじいちゃん。敏子。

トンちゃんへ。貴女は死なない。まだ生まれてさえいないのだから。いつの日か貴女に会えることを楽しみに私は生きていこう。おじいちゃんより。

男はシートの上で大きくのびをした。ドアを開けて外へ出た。熱気がからみつくように男のからだを包む。ずらりと並んで止まっている車は相変わらず黙々と尻から煙を吐いている。蟬が鳴き始めている。男はトランクを開け、またウーロン茶を取り出して車内に戻った。ワープロの画面を他人事《ひとごと》のように眺めている。スクロールしているところを見ると読んでいるのだろう。一度だけにやりと笑った。満足の笑いとも見えない。とするとどういう笑いなのか。読み終わったらしい。キーを二つ三つ押したあとで、男はワープロの横腹から小さなメモリーカードを取り出して封筒におさめた。封をして表にトンちゃんへと書き内ポケットに入れた。それからシートベルトを締め、車を出した。白いカローラはじきに他の無数の車に紛《まぎ》れて見えなくなった。

佐野さんの手紙

谷川俊太郎

私は極め付きの筆不精ですが、佐野さんは筆まめでした。エッセーの面白さには定評がある佐野さんですが、稿料のもらえない手紙もエッセーと同じ原稿用紙に万年筆で、ジャズの即興演奏さながら書き流していました。手元に残っている私宛の手紙の中から、知りあって間もない頃の一通を、あとがき代わりに紹介します。

*

先日は厚かましいお願いをいたしまして恥しい《（ママ）》ございます。（変な日本語ダナ）

さて夢の話ですが、あまりやらしくて腹が立って恐ろしいので、おまけに金しばりの状態でしたので、文字にして、私が何かの折りに大偉人などになって、競売にかけられたりしたら困るので、今度お会いした時にやらしく話をして差し上げます。

私このごろ元気ではないのですが元気をつけようと、永遠の恋人が空路わざわざ何の目的か、お土産に朝鮮人参茶を持って来てくれました。朝鮮語で書いてありますのでいかなる効用があるかわからず、巷で噂の精力剤なるかと思い、毎日ガブガブ飲んでおります。飲み過ぎると何か副作用でもあるかと心配しております。これはにが甘く、にがい部分より甘い部分がいやらしい味がいたしますが、中毒になりそうな不吉な味がして、しかし鰯の頭も信心から、しかし元気になって私は何をやらかそうというのでありましょうか。長生きの予感だけはいつもしておりますものを。

それから頭丸坊主になったので、私は外出禁止でございますが、先日友達と待ち合わせをしたら、一まわり店の中を見わたした友達が出て行ってしまいました。

用でもあるのかと思って待っていましたがそれっきり現れませんで、あとで腹立ててどうしたのかと聞いたら「あなたは居なかったあの店には男しか居なかった」と言い張るのです。

次の日から、妹からもらった化粧道具や人が忘れていったマスカラや総動員して、私は目張りなどして狸の様になりましたが、男と狸と間違えられるなら狸にまちがえられた方がよいと決意しました。息子は女と間違えられ母は男と間違えられ、アダムス一家の様でございます。

私は低血圧ですので熟慮いたしまして朝食を共にする友人をさがすのはやめました。

朝が一番けんかっ早いのです。

しかし、不機嫌ながら、けんかをしようという意欲と、それに伴うケンランゴウカな嫌味や悪態が泉の様にわき上がるというのは、頭が活発に活動している証拠ではないでしょうか。このエネルギーを平和活用したいものです。どこかに浄化そうなんかぶら下げられちゃうのだろうか。

で私は、チャタレー夫人の森番の様な体力があって（別にセックス抜きでよいのです）手先が左じんごろうの様に器用で、女たらしの様に腰が軽くて、天才的に機械電機《（ママ）》に通じている人を求めております。

うちの犬がこわれた柵をとび越えて、遊びに出かけてしまうので、その修理と、息子がテレビばかり見るので3チャンネルしか映らない様に、テキパキとやってくれる人は居ないでしょうか。出来たらうちの車の具合が悪いので、駅まで私をおぶって走っても息切れもしないさわやかさが望ましい。

うちでこわれもの重いものを修理する時はいかなる形相人相でもかまわないが、私をおぶって走る時は草刈正雄が狸をしょってイダテンの様に走るのはどんなものでありましょう。

しかしこれと逆の事は男は当然の様に女に求めるではありませんか。健康で気嫌がよくて料理洗たく万能で美人で優しく浮気の一つや二つ笑って流しつましくへそくりをしいつも身ぎれいで、立派にホステスがつとまり男を尊敬し教育子育てさらりとやってのける。これ言っても笑う人は誰も居ないネ。

今日うちの猫は幸福でした。鯵のたたきを作ったので頭と骨と皮を煮てやりましたら狂喜乱舞いたし見るもいじらしい程で常に貧しいキャッツ《（ママ）》フードを食べているので、この幸せが感じられるのです。

私も何事によらずぜいたくをつつしみ鯵の骨で狂喜乱舞出来る基礎が出来上っていることを神に感謝しております。

とりとめもない馬鹿話かみくずかごにお捨て下さい。まだ調子が出ないのです。

誤字脱字多いでしょうが（工藤さんは全部赤ペンで修正して来る）おゆるし下さい。

（一九八七年／原文のママ）

【初出】

本書は一九九五年七月に光文社より刊行された同名の単行本を再刊したものです。

再刊に際して大幅に挿画を改め、巻末に「佐野さんの手紙」を初収録しました。

「釘」の初出は『子どもの宇宙』（「海」臨時増刊号／中央公論社　一九八二年一二月）

に「ふたつの夏」と題して収録されたものを改題。

他の二篇は右記単行本のための書き下しです。

【装丁／目次・扉デザイン】
天野 誠（MAGIC BEANS）

【装画／挿画】

佐野洋子

谷川俊太郎（たにかわ・しゅんたろう）

一九三一年、東京生まれ。詩人。五二年、第一詩集『二十億光年の孤独』を刊行。主な詩集に『旅』『日々の地図』『女に』『世間知ラズ』『私』『詩に就いて』などがあり、『ことばあそびうた』『いそっぷ詩』など子供も楽しめるひらがな詩集もある。他に絵本、童話、戯曲、翻訳などの作品も多数。

佐野洋子（さの・ようこ）

一九三八年、北京生まれ。絵本作家。主な作品に『100万回生きたねこ』『おじさんのかさ』などの絵本、『わたしが妹だったとき』などの童話や、『ふつうがえらい』『神も仏もありませぬ』『シズコさん』などのエッセー集があり、『右の心臓』『コッコロから』などの小説もある。二〇一〇年永眠。

編集　刈谷政則

ふたつの夏《なつ》

二〇一八年五月二十八日　初版第一刷発行

著者　谷川俊太郎／佐野洋子
発行者　菅原朝也
発行所　株式会社小学館
〒一〇一-八〇〇一　東京都千代田区一ツ橋二-三-一
編集　〇三-三二三〇-五一三二　販売　〇三-五二八一-三五五五
DTP　株式会社昭和ブライト
印刷所　図書印刷株式会社
製本所　株式会社若林製本工場

Printed in Japan　ISBN 978-4-09-386512-8